# 考える愉しみ

## ある老医師の記録

長屋昌宏
Nagaya Masahiro

# はじめに

今年の花見は何十年かぶりで私が学んだ大学のお向かいにある鶴舞《つるま》公園へ行った。中央線の鶴舞《つるまい》駅南口から入ってゆくと、ちょうどまさに桜花爛漫のめぐりで、園内は平日にもかかわらず昼間から大層な賑わいであった。それを見て、お昼になるときっとごった返すだろうと思われたので、花見もそこそこに萩の茶屋で懐かしい菜飯田楽をいただくことにした。昔のままの傾いたお茶屋の外ににわかに造られた葦簀《よしず》囲いのテーブルで、味噌の臭いを乗せたそよ風に舞い落ちる花弁を掃いながらいただく田楽は、それだけで食欲をそそられる思いであった。ものの三〇分ほどで次のお客にせかされるように外へ出ると、案の定、すでに花より団子の列になっていた。そのあたりの喧騒を避けるように奥の竜ヶ池方面へ向かった。池の縁にある菖蒲はまだ早くようやく芽吹くところであった。そこを回って南の端にあった競技場へ行くと、ここだけが様変わりしており、子どもたちを呼び込む遊園地になっていた。ぐるりと一回りして元へ戻り、改装中の公会堂がどんなになるのだろうと往時を偲びながら帰りの電車を捕まえた。

私は本年五月に傘寿を迎えた老医師である。医師としての大半の時間を障害児者施設の医療機関に席を置いて外科を担当した。なかでも、先天異常といって、胎生期に生じる内臓の疾患を手術的に治療する新生児外科をおもな研究分野に定めて過ごした。近年でこそ先天異常の多くが出生前に診断されるようになったが、その当時は、異常のある赤ちゃんがいつどこで生まれるのか予測のつかない時代であり、また、手術後の様態も不安定であることが多かったので、四六時中気の休まる時のない生活であった。だから、腰を落ち着けてものを考えたり、文字にしたりする余裕はなかった。

六五歳で定年退職した後、数年間を同じ施設の嘱託や顧問という立場で主に管理業務をお手伝いしたが、それも終えると、それ以前とは比べものにならない平穏の日々になった。それをきっかけにようやくものを考え、それを綴る生活を得ることができた。

それから十数年が過ぎて、その間に思いつくがままにものを考え、いくつかの文章を認めることができた。それらを傘寿になるのを区切りにしてまとめた。第一章では、私がかつて直接かかわった医療に関するいくつかの命題を掘り下げた。とくに最近になって盛んに論じられるようになった遺伝子変異について社会的対応も含めて課題を提供した。第二章の「障害のこと」では、障害やそれのある人たちのとらえ方について持論を展開した。そして、第三章では、物質を追い続けることを是とする空虚な現代社会に迫る危機感をあらわにした。これらは、いわば、傘寿を迎えた老人の多岐にわたる思考の彷徨である。そして、終章に最近の身近の雑感を添えた。

平成三〇年（二〇一八）　盛夏

考える愉しみ

目次

## 第二章　障害のこと　69



## 第三章　社会のこと　121

# 第一章　医療のこと

# 分化と再生

## 心に残る一冊の教科書

　私が医学生であった昭和三〇年代には、現在のような情報網はないに等しく、知識の源は学校での講義と教科書だけであった。まじめな学生でなかった私は、退屈な講義に出てノートをとることなどはしたことがなく、また、どの教科書にも引き込まれるような魅力を感じなかった。だからであろうか私は実習の時間を除いてあまり学校へは行かなかった。そんな中で、「人が病むというのはどういう状況を言うのだろう」と、病気の成り立ちのようなものを漠然と考えていた。

　大学の高学年になって始まった病理学の講義は、その意味から私に強い興味を抱かせた。まさに病気の成り立ちを教わる教科であったからである。とくに、ある助教授の講義は、一般論を越えて彼の信念を感じさせるものであったので、より一層引き込まれたのである。その彼が講義に持参されるドイツの教科書に強い関心を持つようになり、高価な原版は諦めて、その海賊版、つまり闇で流通していた白黒のコピー製本を手に入れた。

　冷暖房が禁止されていた学生寮の四畳半で、難解のドイツ語で書かれたこの本を、辞書を頼りに翻訳するがごとく遅々と読み進んだ頃を思い出す。なかでも、臓器の発生の項と再生の項では、それらをヒントにいくつかのことを夜の白むまで熟考した記憶も新しい。ついには発がんの仕組みにまで頭は巡っていった。そして、約一年をかけて読み終えると、私に医学を暗記の世界からではなく、科学のひとつとして理屈でとらえる習慣が身についていた。それを知ってから、私は考える医学に魅力を感じるようになったのである。

　このコピー製本から修得できた習慣が今もって私の医療の骨子になっている。私が二二、三歳の昭和三五年（一九六〇）ごろの話である。

**臓器の発生（分化と増殖）**

　人間は万物の霊長であると人が勝手に決めつけているが、はたしてそうとは言えないいくつかの事象がある。「私は視力検査で二・〇まで見える」と威張ってみても、その視力は、はるか上空から地上を這うネズミをとらえられる鳶には及ばない。「私はソムリエの資格を持つ世界一の鼻ききだ」と言ってみても、三キロ先のアザラシの臭いを嗅ぎつける白熊の嗅覚には到底及ばない。また、「潜水能力にたけている海女だから五分くらいは潜っていられる」と言ってみても、一時間もの潜水能力を持つ同じ哺乳動物のクジラには及ばない。

これらの種による特徴の違いをひも解くきっかけが、実は臓器の発生の仕組みにあることをこの教科書から知ったのだ。つまり、全ての臓器は一個の受精卵に由来するが、細胞が分裂を繰り返しながら世代を変えていく中で、さまざまな機能や形態を獲得し、それに伴ってはじめはあらゆる細胞になりえた可能性《ポテンシャル》が薄れてゆく。そして、ある方向に進んだ細胞の塊がある臓器にまで成長する。これらの幾世代も細胞分裂を繰り返して完成する細胞機能の進化を「分化」という。そして、分化の進み具合を「分化度」と表現している。

細胞の分化度は、動物の種によって大まかに定まっているが、詳しくは、臓器ごとで決められている。つまり、ある種の動物だからそれを構成する全ての臓器の分化度はここまでと一律に決まるのではなく、その動物の臓器ごとで異なっているのだ。例えば、人間の大脳は他の動物に比べて圧倒的に高い分化度を誇るが、白熊の嗅覚や鳶の視力をとると、人のそれらははるかに低い分化度なのである。また、クジラのおびただしく長い潜水能力は、強力な潜水反射、これは潜水で血液中の酸素が不足してくると重要臓器を主体にそれを送って機能を維持させる血管の反射をいうが、それを持ち合わせているからである。人間にそれがないかといえば実は生直後の未熟児に残されていると言われるが、一般的には遠に退化した機能であり、海女さんの潜水機能とは何のかかわりもないのである。

それらの異なった臓器別の分化度は何によって決まるのだろうか。それは、おびただしく長い時間をかけて環境の変化に適合するように形や臓器、すなわち細胞の機能が変わっていくというダーヴィンの進化論で考えれば容易に理解できる。つまり、その動物がおかれた環境での生活に適合するまで各臓器が不均一に分化し、それを満たすレベルで止められているのである。言い換えれば同じ人間でも、臓器によって分化の度合いが異なっているのだ。ここが非常に大切な考え方なのである。

これらの調節はどのようになされているのだろう。私は、この教科書から、細胞の分化と数を増やす増殖は、それを促進する物質ともうここまででよいと抑制する物質の均衡の上に成り立っていることを知った。とくに抑制するというものの考え方が分化や増殖を考えるうえで極めて重要な役割をはたしているのだ。例えば肝臓の分化度は、人間が生活するうえでここまで機能すれば良いというところで余力を残したまま止められているのである。だから、これから先、激しい公害社会が続き、肝臓の解毒機能をもっと高度にする必要性が出てきたならば、あるいは幾千年先の肝臓は今よりも高機能になっていく、つまり分化度が一世代登る時が来るであろうといった考え方なのだ。

私は、こういった分化や増殖をコントロールする物質がおそらく臓器ごとに異なって存在しているだろうと推論できたが、はたしてそれはいったい何物であるのかまでは当時に見当がつかなかった。

## 分化度と再生能力

動物の種による特徴に発生学が強く関わっており、なかでも各臓器の機能はそれを構成する細胞の分化度に規定されていることを理解できた。この細胞の分化度は実は、傷ついた臓器の再生機能ともかかわっているのである。

アサリの不漁に困り果てた漁師が海を調べてみると、海底のあちこちにヒトデが生息していた。こいつがアサリを食ってしまうのではないかと腹を立てた漁師は、ヒトデを船上にすくいあげて、木っ端みじんに切り刻んで殺し、それを海に投げ捨てた。そして数日をして海底を見ると、そこは無数のヒトデで埋め尽くされていた。つまり切り刻まれた破片からもとのヒトデに再生されていたのである。

トカゲのしっぽ切りという言葉はあまりよろしくない表現として使われるが、それは、トカゲの本体から切り落とされたしっぽは死んでしまうが、本体からは立派なしっぽが再生してくるという現象をとらえて、ある部分を犠牲にして本体が元の形で生き残ることを意味している。

やくざの世界の懲罰として、指を詰める、つまり、自発的に自分の指を切り落とす行為が知られている。この場合は、切り落とされた指はそのまま死んでしまい、なくなった指からも新しい指は出てこない。つまり、生涯を欠損した指で過ごすことになる。

これらの三つの異なった現象はどこに違いがあってそうなるのだろう。

私はこの疑問を解くきっかけもこの教科書から学んだのである。つまり、臓器の再生は、その臓器の持つ中間層（未分化層、Indifferenz Zone）という発生学的に一世代前の細胞塊によってなされ、その後に一段階分化して本来の細胞に再生されるという。この中間層は臓器の分化度が高まるにつれて少なくなっていき、それが高度に進んだ臓器にはついに存在しなくなるという。言い換えると、発生学的に分化度の低い未熟（がん細胞の未熟とは異なる）の臓器ほど多くの中間層を持っており、同時に旺盛な再生能力を保つことになるのだ。

ヒトデのもつ中間層はまだ進化の初期で分化度の低いものであるが故に、切り刻まれた部分でも全ての臓器になりうるポテンシャルを持ち合わせており、トカゲのしっぽの中間層はそれより進んだものであるが故に、落とされたしっぽから本体は再生しないのである。

人間の臓器の分化度はそれぞれで異なっていることを学んだが、それはそのまま各臓器の再生能力の違いになってあらわれる。つまり、分化度のそれほど高くない皮膚や消化管の粘膜には多くの中間層があり、たとえ激しく傷ついたにしてもそこから容易に再生機転が始められる。

一方、高度に分化している神経細胞や心臓の筋肉には中間層が乏しく、いったん傷つくと、そこは元の細胞には再生されず、別の組織（瘢痕）に置き換えられるのである。それは、卒中などで大脳に障害を受けると元に復しにくい臨床の事実からも明らかであり、逆に暴飲をした後の胃粘膜の損傷は、一晩で元に復することからも理解できよう。

このような考察から、細胞の分化や増殖、そして再生に至るまでが、それを進める物質と抑制する物資の均衡の上にあることに間違いないと理解でき、私はそれらの解明に強い関心を抱いてきた。

それから半世紀がたって、近年の分子生物学の探求からその物質はどうやら遺伝子であることが次々に解明されてきた。今後に臓器ごとで異なった促進物質と抑制物質が明らかにされてゆくと思われるが、それは、それらの物質の均衡の崩れから引き起こされると考えられるがんの薬理学的治療の道を大きく切り拓くことになると思われる。私が学んだ当時の教科書には染色体の存在は明らかにされていたが、それを構成する遺伝子については何も記されておらず、私はその言葉すらも知らなかったのである。

# 遺伝子変異と告知の是非

　約二十年前にどこかのコラムに載った話である。米国である母親が四〇歳半ばで卵巣がんのために死亡した。その遺伝子解析を行ったところ、ある遺伝子変異が発見された。そして、二〇歳の娘の遺伝子からも同じ変異が発見されたという。つまりこの娘はやがて母と同じ年齢層に達した時に同じがんを発症することが分子生物学的に明らかにされたのである。それからこの娘の葛藤が始まり、彼女は四〇歳になる前に、その時点で異常のない卵巣を摘出したという。私はこの記事を読んだときに、もうこんな時代になったのかと感じ、医学の進歩を改めて知ったのである。

　近年の分子生物学の急速な発展は、多くの疾患が遺伝子変異によって引き起こされていることを次から次と突き止めており、その速度は日ごとに速まっている。それは今までわからなかった病因を明らかにできたという点で喜ばしいことであるが、一方で早急に考えなければならないいくつかの課題を生んでいる。前述した事例のように、ある遺伝子変異を認める人は、現在は普通に生活できていても、やがてある年齢に達すると特定の疾患を発病することがすでに明らかにされており、こういった人たちとどのように対峙したら良いのか、倫理的な側面を含めて社会的にも未検討の状況といわざるを得ないのである。しかも、遺伝子組み換えなどの対応の道が開かれていない現状では、彼らはこの現実を否応なしに受け止めざるをえないのである。

遺伝子変異がいつ疾患として現れるのかについては、それぞれの遺伝子の役割によってその時期や程度が異なってくる。たとえば、その遺伝子が人の発生にかかわっていれば、その変異は出生時にすでに先天異常ないし疾患として表現される。一方、ある年齢に達してから発病する疾患の関連遺伝子であれば、その年齢に達するまではなんの異常も示さず、その後に初めて発病するのである。遺伝子解析の技術が発展するにつれて、個々の遺伝子変異を疾患が発病する前の小児期、いやもっと遡って胎生期から明らかにできる時代に入っている。つまりこれは人の医学的な生涯を遺伝子レベルから予測できる時代に入ったと換言できるのである。

## ヒルシュスプルング病と甲状腺がん

私は先天異常の外科を専門職として取り組んできた。そのなかで、いくつかの先天異常が遺伝子変異に基づいていることを知った。腸管の運動障害として表現されるヒルシュスプルング病ではすでに七個以上の原因遺伝子が同定されている。その中の一つであり、平成五年（一九九三）に発見された十番染色体に位置する*Ret*《レット》遺伝子の変異を伴うと、壮年になって甲状腺にがんをもたらす特徴も備えていることが明らかにされたのである。

私の二百数十例のヒルシュスプルング病の経験で、二人の子どもがその遺伝子変異を伴っていた。

**症例一　一〇歳　男児**

祖父が五六歳で甲状腺がんによって死亡した。そして、父も四七歳で甲状腺がんを発病し、甲状腺の全摘出術を受けた。現時点で再発はなく経過が観察されている。私はこの子のヒルシュスプルング病を生直後から管理し、二回の手術を順調にこなすことができた。そして一〇歳になる現在、小学校四年生になり、普通の子と何ら変わりなく通学している。

祖父と父親が同じ甲状腺がんであったことから両人の遺伝子解析を行ったところ、レット遺伝子に変異を認めた。そこで本人の解析を行うとやはり祖父および父と同じ遺伝子に変異が認められたのである。現在のところ甲状腺のある頸部になんの異常も認めていない。

**症例二　一七歳　男性**

母親が四六歳で甲状腺がんを発病し全摘出術を受けた。私は、この子とヒルシュスプルング病のために生直後からかかわり、生後一〇ヶ月で根本手術を行った。手術後は順調に経過し、一七歳になる現在、高等学校三年生であるが、普通の男性として通学している。今のところ頚部に異常を認めていない。

母と二人の兄を含めた四人の遺伝子解析を行ったところ、全員でレット遺伝子に変異が認められた。つまりこの兄弟は壮年で甲状腺がんを発病する可能性が極めて高いことが明らかになったのである。

**告知の是非**

私は両家族の遺伝子解析の結果をそれぞれの両親に知らせ、おそらくこの子どもたちは将来、親と同じがんにかかるであろうことを知識として教えた。しかし、子どもたちには何も話さなかった。

この子たちもやがて成人し、恋愛をし、結婚をしたいと思う時がくるであろう。そういう当たり前の営みに思いをはせる時、彼らは自分にある遺伝子変異をどのように受け止めていくのだろう。私は、そこを思うと、現時点でその変異を治す医療を提供できないが故に不憫に思い、何時どこで告知するのが良いか、あるいは私と親の胸にしまい込んだまま時の流れに任せるのが良いか、答えを出せなかったのである。

この事実を知らされたあとの両親の反応も一様ではなかった。症例二の母親は、子どもがすでに高校生にまで成長し、兄二人も同じ状況であったためか、結果のありのままを告知し、がんになる前に甲状腺を予防的に摘出するといった前向きの取り組みで生きていきたいと話された。一方、症例一の母親は、そういった恐ろしいことは知らない方が良かったと悲しげに反応した。

当事者ではない私が、患児や家族の心のうちを顧みずに軽率な方向、たとえば子孫を残すべきかどうかなどについて指導できないことだけはわかっているが、偽りのない対応を見出せないまま忸怩たる思いを重ねたのである。

約二万五千個といわれる人の遺伝子は、約六十億個の塩基配列から構成されている。これだけ多くの塩基が全ての人で等しく配列されているとは限らず、遺伝子多型といってその構成要素の細かな変異は全ての人に認められるだろうとされている。そしてそれをもとに体形や性格、さらに体質などの違いが生じ、ある種の疾患としても現れてくると考えられている。一方で、身体発育や頭脳に関連した遺伝子の場合には、それを構成する塩基にわずかな変異が生じただけでも、重い障害ないし疾患となって現れると思われている。この差をどのようにとらえたらよいのか、課題の大きさとその深さに空恐ろしくさえ感じられるのである。

遺伝子変異に対する直接的な解決法、例えば遺伝子組み換えなどが未開発の現状では、運命づけられた疾患が発病する前に手術などで対応するのが最善と思われるが、この場合、その時点で正常の臓器を摘出することになる。それに対する医療費負担がどうなるのかといった社会保障についても整理していかねばならない課題として残されたままなのである。

# 臨床家の喜び

医学の究極の目的はあらゆる病気の原因を同定し、そこから治療法と予防法を開発して、病気に対する恐怖から人々を開放することにある。それを目指していろいろのジャンルの医学者がそれぞれの持ち場を担当している。その中で、来る日も来る日も患者の治療に明け暮れる臨床家は、稀に予防に関する行動をとることはあるが、目の前の病気の原因について考察したり、実際に検討したりする余裕はほとんどない。しかし、そのような臨床家でも医学の究極の目的の一端を担っているという自覚を持ち、日常診療の中で「なぜこのような状況が生じるのだろう」といった原因に関する問いかけを自らになす習慣を維持していくと、そこからある着想が生じ、それが基礎医学者の研究に発展していくことがある。

私は愛知県心身障害者コロニーで小児外科医として三十二年間を過ごした。そして、この施設の特徴から、小児外科学の中でも新生児外科に興味を引かれることになった。それはここでの小児外科医の主な役割が、先天異常を伴った赤ちゃんの外科的治療にあったからである。

この施設に就職するまでの私は成人の外科医であったので、先天異常の子どもたちと接する機会はほとんどなく、またその方面の知識は極めて浅かった。だから、入院してくる外科的新生児を診るたびに新たな驚きを覚え、本来五体満足に生まれて当たりまえの子たちに、「なぜ、このような不公平が生じるのだろう」と不憫に感じながら一方で医学的興味が募って来るのだった。

私がこの施設で経験した新生児外科症例は約二二〇〇名で、これは同期間の外科入院総数の一七・六％に当たる。それらの中で最も頻度の高かった先天異常は肛門が欠落ないし変形している鎖肛《さこう》で約四〇〇例であった。次いで多かったのが胸部と腹部を隔てている横隔膜に孔ができ、そこから腹部臓器が胸腔へ入り込む横隔膜ヘルニアであり、三番目が腸管を動かす神経が欠落しているヒルシュスプルング病で、ともに、二百数十例を経験した。その他にも食道や腸管が断裂している食道閉鎖症や腸閉鎖症など多くの先天異常を治療する機会を得た。

## 赤ちゃんの行く末を見届ける

外科医は手術をするのが仕事のように思われがちだが、それにも増して重要な役割は手術を受けた症例のその後の状況について見届ける（追跡する）ことにある。この追跡作業は新生児を扱うものにとってはことさら重要で、赤ちゃんが成長し少なくとも成人するまで、場合によっては次世代が誕生するまで心身ともに支援していかねばならないと考えてきた。

そういった観点から私は外来での追跡作業に力を入れてきたが、新生児期に手術を受けた赤ちゃんの大多数が心身ともに順調に成長して行くことを知り、それは私にとって大きな喜びであった。しかし一方で、自分の思惑から外れて、予想もしなかった状況に陥っていく子どももあった。そういった子どもたちには特に強い関心をもってより綿密な追跡を行ってきた。

ヒルシュスプルング病は前述したように腸管の運動をつかさどる神経が先天的に種々の長さで欠落する病気である。神経が欠落した腸管には動き（蠕動《ぜんどう》など）が生じないので、腸管内容がガスを含めてその手前に滞り、いわゆる機能的な腸閉塞状態に陥る。そのために、この病気を背おって生まれた赤ちゃんは出生後早期にお腹が張り、便秘はおろか嘔吐などの通過障害の症状を呈するようになる。私が小児外科を始めた一九七〇年ごろでは、新生児外科の認識が産科医や助産婦に行き届いていなかったためか、病状がかなり進行してから来院する症例が多く、なかには余病を併発して亡くなる赤ちゃんもいた。しかし、それから三十数年を経た現在では、来院時期も早くなり、手術法を含めた治療体制もほぼ確立されたので、神経の欠落範囲が極端に長い症例を除いてこの病気で亡くなる赤ちゃんはほとんどいなくなった。そして、手術後の追跡でも、大多数が心身ともに順調に発育していき、排便習慣も三から四歳までに獲得できる。

私の二百数十例の経験でも同様のことがいえ、ほぼ安心して管理できる病気のひとつと考えてきた。

その中にあって、自分の思惑からはずれるように、心身ともに成長が遅れていく子どもが例外的に存在した。昭和五三年（一九七八）にそのような赤ちゃんを初めて知ったが、その後の五年間に集中して三例を経験した。私はその原因を明らかにできないまま、自分がなした治療がどこかで誤っていたかも知れないと考えながら慎重に見守ってきた。そして、彼らが一〇歳を過ぎるころになって、四人の顔つきがどことなく似てきたことと、小頭症を伴って心身の遅れがいずれも重度化して行くことに気が付いた。そこから、ひょっとしてこれは治療内容などの生後に生じた理由からではなく、出生前からの何らかの共通した異常（原因）に基づいているのではないかという考えをもった。そこで、染色体をはじめ当時に可能であったいろいろの検査法から検討してみたが、共通した原因を定めるまでに至らなかったのである。

**ある遺伝子変異の発見**

人類の細胞には四六個の染色体が存在し、各種の遺伝情報を提供していることはすでによく知られた事実である。この染色体は顕微鏡で観察できるので、特殊な技能を用いなくとも、数だけでなくそれぞれの形や大きさも知ることができる。私の施設でもこの検査は可能であり、すでに触れたようにこれらの四人には異常を認めなかった。

近年の分子生物学の著しい発展から染色体に存在する遺伝子の解析ができるようになった。そして、各染色体には多くの遺伝子が乗っかっており、その総数は約二万五千個におよぶことも明らかにされた。さらに、いくつかの先天異常の原因がなんらかの遺伝子変異にあることを突き止めている。

ヒルシュスプルング病に関しても、平成五年（一九九三）に、ある症例から十番染色体に位置するRet《レット》遺伝子の変異が初めて明らかにされた。それ以降、平成一〇年（一九九八）までに四つの遺伝子変異が異なったヒルシュスプルング病の子どもたちから発見された。私は、それらの文献を調べてみたが、それらの中に私が追跡している四人と同じ特徴、つまり特異的な顔貌と心身ともに大きく遅れていく症例は認められなかった。したがって、私共の四人はこれらとは異なった遺伝子変異に原因があるのではないかと思われたが、それをどのように同定したら良いのか見当が付かなかった。それは、約二万五千個ある遺伝子を構成する約六十億個の塩基配列の中から一つの変異を発見する作業であり、ある偶然を除いてきわめて難しいことであると思われたからである。

幸いなことに、その後約十年間はこのような症例を経験しなかった。しかし、平成五年（一九九三）に来院したある症例がその後の追跡で心身ともに遅れ、加齢と共にそれまでの四人と似かよった特徴を呈してきた。しかも、より重い経過をとってきたのである。

　それまでの四人の染色体検査ではいずれも異常を発見できなかったので、この症例にも大きな期待を寄せていなかったが、確認の意味で行ったところ、二番と十三番の染色体が部分的にちぎれ、互いに入れ替わる（転座している）異常があると報告された。私は意外な印象でその報告を受けたが、その瞬間に、ひょっとしてどちらかの染色体のちぎれた箇所に位置する遺伝子になんらかの変異があるかも知れないという考えが閃き、ここを突くのであれば遺伝子変異の検索作業が極端に狭められるのではないかと気が付いたのである。

　ちょうどそのころ、私どもの施設にある発達障害研究所に新進気鋭の分子生物学者が就任された。彼が私のところに挨拶にみえたその日にこの着想について打ち明けたところ、彼の目は一段と輝き、その研究を是非やらせてほしいと即答された。それから精力的な研究が開始され、わずか一年足らずで二番染色体のちぎれた箇所に存在する遺伝子、*SIP1*《シップワン》に明らかな変異（欠落）を発見できたのである。そして、それまでの四人からも血液をいただいて、同じ箇所を検討したところ、いずれの症例においてもこの遺伝子になんらかの変異が発見された。つまり一〇〇％の的中率でシップワンに変異を証明できたのである。ここから、ヒルシュスプルング病の中で心身ともに極端に遅れるなどの特異な経過を示す一群がシップワンという同じ遺伝子の何らかの変異によって引き起こされていることを確認できたのである。そして、シップワンが神経組織の基になる神経堤細胞の分化に強くかかわっている遺伝子であることから、その変異がヒルシュスプルング病や心身の遅れの原因になって不思議はないと理解できたのである。

この事実は二〇〇一年にある医学誌に報告され、これがヒルシュスプルング病の七番目の関連遺伝子として認知された。ここに至るまではいくつかの偶然と幸運に恵まれたが、手術した症例を粘り強く追跡する作業を続けてきたことが、この帰結の基本になっていると考えた時、臨床家としての喜びと誇りを素直に感じたのである。

それから十七年が経った現在の知識として、*SIP1* という遺伝子の呼び名が *ZFHX1B* に改められたことと、私たちの五人と同じ特徴を有する症例が一九九八年にモワットとウイルソンらによって報告されていたことから、これらの子どもたちは、モワットーウイルソン症候群と呼ばれるようになったことを挙げておく。

# 神経回路

　ある分野にとびぬけた才能を有する人を天才と言うならば、私が実際に知っている人の中から、歌手の美空ひばりを挙げねばならない。彼女は一度耳にした曲は次から音符なしで歌うことができたという。また、野球選手では王貞治とまだ現役ではあるが鈴木一郎（イチロー）もあげられよう。彼らはともに血のにじむ努力のあげくに到達できた芸域と評されるが、それだけではなく、たぐいまれな才能を備えた天才であると思われる。

　この才能というものはいったい何者だろうと考える。辞書によれば、物事を巧みになしうる生まれつきの能力と定義されている。おそらく、統計学でいう正規分布のような形で、言い換えると人によってピンからキリまでという形で備わっているのだろうけれど、それは一体どういうことなのかと考える。もっと広げて考えると、大きく発達した大脳を持つことが人間の他の動物と最も異なった特徴であると言われ、大脳が知恵につながるところから人間こそが万物の霊長と勝手に位置付けているが、世の中の事象をふり返ってみると、必ずしもそうとは言えないことがいくつもある。例えば、白熊の嗅覚や、空飛ぶ鳶の視力は人間をはるかに超えており、大脳以外の能力を加味した全体で分布をとってみると、人間の占める位置は、少なくとも万物の霊長とはおこがましく、はたしてどのあたりにいるのだろうと考えざるをえない。

**視覚認知（視空間認知）障害や音痴**

私は障害のある人たちを支援する施設に務めた関係で、視覚障害の子どもたちとも接してきた。そのなかに、眼の網膜で光をキャッチする機能は正常に備わっているにもかかわらず、それをものとして認識できない視覚認知（視空間認知）障害があることを知った。つまり、大脳の機能に欠陥があるとされるが、網膜から入った光の信号を種々の経験を活かして何ものかを認識する機能、いわば情報処理能力が損なわれている子どもたちがいるのである。この状況は学習障害の中にいれられているが、はたして本当にそうなのだろうか。私は、生まれた時からものを見る学習をさせられたことはなかったし、それはごく自然に培われていくものととらえてきた。鳶の図抜けた才能を合わせて考えると、目でとらえた後の情報処理能力には速度を含めて大きな開きがあるのではないかと考える。その程度は大きく動物ごとに異なっており、狭く人間だけをとってみても大きな差があって不思議でないのである。

私はそれと同じような状況が聴覚にもあるのではないかと考えてきた。つまり、内耳神経に音波として捕らえられた情報は、最終的に大脳の聴覚皮質に到着して、そこでその識別がなされて内容を理解する。この回路の機能には大きな差があり、例えて音感に関して言えば、美空ひばりの一度聴いた曲は次から暗唱できるというとび抜けたものから、何度聞いても理解できない音痴に至るまでとずいぶんと開きがあるように思ってきた。つまり、音が耳に入ってからそれを理解できるまでのスピード（情報処理速度）には大きな差があるのではないかと考える。

私がそのことを感じ始めたのは、友人たちと雑談をしている時などで、ある笑いを誘う瞬間があっても私が笑うのは皆から一テンポ遅れていることを知ってからである。つまり、それはおそらく、自分の音を理解する機能が人より若干鈍いからではないかと思ってきた。この弱点は、英会話をしようとしたときに如実に表れる。つまり、ゆっくり話してくれるおばあちゃんなどと接した時にはきちっと理解できるのに、若い電話交換手などの巻き舌でぺらぺらと来られると途端にお手上げになってしまうのだ。つまり、音を理解するスピードが遅く、理解する前にすでに次の音が入ってきて混線してしまうからであろう。

こういった英会話におけるヒアリング機能は訓練によって改善されていくと言われており、私もそれを承知している。しかし、私のあまりにも幼弱なヒアリング能力には、私に訓練の場としての外国生活の経験がないことだけでは説明できない要因が絡んでおり、おそらくそこには私の貧弱な聴覚機能が強く関わっているのではないかと思ってきた。それは、英会話教読本のリンガホンなどを買い込んでずいぶんと練習したにもかかわらず私のヒアリング機能は結局ものにならなかったからである。

三十年ほど前の話である。私の研究分野の一つであった体外循環法の勉強に米国を訪ねた時である。肌を刺すような灼熱のリッチモンドバージニア空港でその道の権威であるクルメル先生の出迎えを受けた。かわいらしい娘を連れてきていた。彼の車に乗せてもらって宿泊するホテルへ向かう途中である。後部座席から女の子の声がしきりに聞こえてくるのだが、何を言っているのかさっぱり解らず、おそらくお父さんに話しかけているのだろうと思っていた。しかし、お父さんは何も答えないのだ。女の子はついに泣きだしそうな声になった。しばらくして、どうやらそれは私に話しかけていたようで、しかも「my rabbit, my rabbit」と連呼していることに気が付いた。後ろを振り向くと、女の子が私の方をじっと見つめて言葉ではなく目で訴えていた。私がウサギのぬいぐるみを尻に敷いていたのである。

## 神経回路

かつて老人性痴呆などと言われていた人たちを最近になって認知症と呼ぶようになった。それは痴呆という呼び方が差別用語的な響きがあるからである。そして、老年医学の究明が進み、記憶などの神経回路が徐々に明らかにされるにつれて、認知症にもいくつかの病態のあることがわかってきた。脳の一番奥まったところに大脳から続く間脳があり、それを取り巻くように大脳辺縁系という部位がある。最近の研究から、ここには、意欲、食欲、睡眠欲、性欲といった本能に始まり、いわゆる五感と呼ばれる視覚、聴覚、嗅覚、味覚、触覚などの知覚、喜びや怒り、悲しみといった情動・感情、さらに意識せずに生活を調節している自律神経やホルモン、そして最後に記憶といった生命の基本的作業の連絡網が集約されていることがわかってきた。そして、それらが密に線維連結してその中からそれぞれの中枢（大脳）へ情報が投射されていくのだという。したがって、そこでの機能障害がいろいろの病態となって表現されうることは容易に理解できよう。その中のひとつが認知症なのだろう。

これらの神経回路を視覚と聴覚に限って考察してみよう。

視覚のおおざっぱな神経回路は、「網膜に入った光の信号を視神経が運び、中脳の上丘というところを通って大脳辺縁系の偏桃体に至り、そこから海馬を経て知覚の集配所にあたる視床に届く」。そして、「視床からは、大脳の後ろ側にある後頭葉という部分に投射されて光の信号の処理がなされ、それが何者かを認知する」、とされている。

この回路を基に先ほど触れた視覚認知（視空間認知）障害を考察すると、網膜で光はキャッチできるが、そこから視床に至るまでの回路か、あるいは、その後の大脳（後頭葉）での処理能力にそのスピードを含めて障害があるために、モノを認知できない状態に陥っているのだろう。その回路の障害の程度は all or none で判断されるのではなく、それこそピンからキリまであり、鳶の視力をピンとすれば、キリのどこかに視覚認知（視空間認知）障害があるのだろうと考えられる。

聴覚の神経回路は、「音として鼓膜を振動させたシグナルは内耳神経に乗り、中脳の下丘を経由して大脳辺縁系に至る。その後は視覚と同様な仕組みで視床に到着し、そこから聴覚の中枢のある側頭葉へ投射されて音の処理がなされ、内容のなにものかを認識する」という。

この推論を私も含めた聴覚機能障害にあてはめてみる。会話を理解するためには、相手の声のスピードよりも神経回路のスピードが有意に早くなければならない。その差が大きければ、余裕をもって音を識別できよう。反対に、もしどこかで単語の理解を含めた情報処理が停滞したり、回転速度が遅すぎたりすると、続いて入ってくる次のシグナルに追いつかれて現場が混乱してしまい、その積み重ねがなにを言っているのかわからなくなってしまうのだろう。

この理屈は私の貧弱な英会話能力にきちっと当てはまるのだが、最近になって、テレビの音は十分なのにアナウンサーがなにを言っているのかわからないことがあり、これもおそらく加齢に伴って私の聴覚神経回路のスピードがさらに落ちてきたためであろうと思っている。

# 終末期医療を考える

わが国は空前の高齢化社会に入った。平成二八（二〇一六）年度の人口動態を見ると、総人口の二七・三％が六五歳以上の高齢者であり、その約半数は七五歳以上の後期高齢者であった。一方、出生数は確実かつ急速に減少しており、高齢者に対する死なせない医療が続く限り、高齢化率はどんどん上昇していくと思われる。そして、出生数が減少するに伴って、少なくとも向こう五〇年間はこの傾向に歯止めをかけることは難しいと言われている。そして、推計学からとらえると、二二年後の二〇四〇年には、人口は二千万人減少して約一億人になるが、そのうち約三五％を六五歳以上の高齢者が占めるとされている。

この高齢者率が上昇していくという予測には、単に推計学上の計算値ということでは済まされない重大な懸念を含んでいる。それは、憲法二五条によって、働くことのできなくなった高齢者の生活を保障する義務が定められており、それを満たすための財源が非高齢者の負担になって跳ね返ってくるからである。

高齢者が増加していく要因としては、団塊の世代などの人口構成の歪のようなこともあろうが、それよりもわが国の医療技術が格段の進歩を遂げ、それらを駆使すれば容易に死なない環境を作り上げたことを真っ先に挙げねばならないと私は考える。先人の努力によって医療技術が高度に発達したこと自体は命を守るという医学の原点から考えて喜ばしいことに違いない。私自身もこれらの技術を駆使して多くの命を守ってきた。

しかし、わが国においては、これらの医療技術が、終末期におよんで食べなくなった老人の栄養補給や、回復の見込みのない老人の呼吸補助といった延命手段として何のためらいもなく用いられている。しかも、それらの対価がことごとく医療機関の収入になり、それが高騰する医療費の一因をなしているという由々しい側面もある。

そこで、医療という視点から、高齢者、特に後期高齢者に対する終末期医療をどのように捉えていったらよいのかについて考察してみる。これは私が一度は考えてみたいと思ってきたことなのである。

## 自然死の医学的な理解

初めに死の形態に関して考えてみる。医学的にみた死は自然死（老衰死）、病死、災害死、事故死、自殺、他殺に分類されている。

ここでいう自然死とは、外傷や疾病などの病態がなく、加齢が進みいわゆる老衰によって死に至ることで、いわば寿命を全うし枯れはてる状況を指している。

そこに至る道程を整理すると、ゾウなどの動物と同じように人においても、自然死は環境から身を引き、一人になりたがることから始まるとされる。これが別れの始まりであり、本人は内なる世界へ向かっていく。すなわち、人との会話が極端に少なくなり、朝からじっとしてうたた寝が始まる。つづいて食欲が落ち、「何も食べたくない」と言うようになり、やがて好きだったものも手をつけなくなる。そして、静かに眠っている時を経ると、譫妄《せんもう》と表現される状況が現れる。つまり、幻聴・幻視があるかのように先に逝った人たちの名前を呼んだり、追いかけたりするうわごとを発するようになり、それはあたかも別世界の入り口にいるようなのである。ここまでくると肉体の変化が進み、血圧が低下して意識を失い、体温も下がり、無尿にいたる。そして、あえぎ呼吸を繰り返しながら潮が引くように亡くなっていく。

自然死にかかる期間はその人の基礎体力などによって開きがあるが、環境から離れたがる前兆を入れると、三ヶ月以上におよぶとされている。

## 自然死への対応の多様性

フランスやスウェーデンなどでは、医学が進んだ現在でも、老人医療の限界を本人が食べ物を自力で取らなくなった時と定めており、その時点で医者の仕事は終わり、あとは牧師に任せる傾向にあるという。つまり延命処置を行わず自然死を見届ける社会通念が医療の進歩とは別の次元で生き続けているのだ。この自然死を容認する社会通念は、現世をどのように捉えるか、言い換えると死をどのように捉えるかという宗教理念に基づいているように思われる。つまり、彼らは死を現世の区切りととらえ、喜びを込めて老人を神の御許へ送り帰すのだという。

わが国においても半世紀ほど前までは、食べなくなった老人には脱脂綿で水だけを口元にしたし、仏壇の前に寝かせて自然死を静かに見届ける慣わしがあった。実際に私の祖父母はそのようにして看取られた。しかし、それは、点滴を含めた医療技術が未開発でほかになす術がなかったからのように思われる。なぜかと言えば、その後に種々の医療技術が開発されると、家の者たちはそれに飛びつくようにすがり、一秒でも長い延命を求めるようになったことからも明らかである。つまりわが国には現世を重んじ、肉親の死をあたかも大切な物を盗られるように捉える通念があり、それが自然死とわかっていても、なんとかそれを阻止しようとする意識につながっているように思われる。

このような宗教理念を背景にした社会通念に大きな開きがある限り、自然死のとらえ方や終末期医療に普遍性を求めることは極めて難しいと思われる。

**医療技術の本来の目的と現実**

水分が取れないから点滴をする、食べられないから経静脈や胃瘻からカロリーを与える、呼吸ができなくなったから気管切開をして人工呼吸を施す、心臓が止まりそうだから心マッサージを行うといった医療は、今やどこの病院でも容易になされる時代になった。そして、これらの医療技術が老人を含めてすべての人の命を守るために限りなく貢献していることは間違いのない事実である。私は、それらによって重い肺炎から蘇り、また、極端な栄養失調から回復して家庭に帰る患者さんを多く見てきた。

しかし、本来、これらの医療技術はあくまで生命の一時的なつなぎの手段として、つまりそれを必要とした病態から回復させる、言い換えれば急性期を乗り切るために開発されたものである。

ところがわが国にはこれらの技術を、だれを対象に、どんな時に、そしてどこまで利用してよいのかについて、とくにそれらの歯止めがどこにも示されていない。だから、極端な言い方をすれば、何の生活反応も示さなくなった老人を対象に、心臓さえ動いていればそれを生ととらえて、あらゆる技術を駆使することさえ許されるのだ。

こういった高度の医療技術を用いた延命処置が何の規制もなく行われる国は、わが国をおいて他にないように思われるが、それはなぜであろうか？　その根拠のひとつに前述した死に対するわが国の社会通念があり、肉親の命を一秒でも長く現世に留まらせたいという家の者たちの願いがあろう。しかし、私は、それに加えて、これらの医療技術がその使用に関して野放し状態にあることにもう一つの根拠があるように考える。なぜならば医療機関は、それらの対価を保険基金に請求することで、大きな収益をあげることができるからである。

## いたずらに生命を延ばす医療への反発

最近になって、そういったいわば医療の行き過ぎを疑問に感じる新しい動きが見え始め、終末期におよんで先に見込みのない医療は受けないでおこうとする考え方が芽生えてきた。それは、ヨーロッパと同じ社会通念が浸透したからではなく、長期に寝かされたまま生かされている肉親を見る機会が増えるにつれて、いたずらに生命を延ばすだけの医療行為には何の意味もなく、かえって本人の苦痛になるのではないかという考え方が広まってきたからである。こういった考え方が、本人の事前指示書（living will）の中にも、また、終末期の肉親を抱える家の者たちの意見としても聞かれるようになったのである。

## 国民の意識調査

この変化は国民の意識の中にどの程度に浸透してきたのだろうか？

厚生労働省は平成二五年三月に、一般国民と医療従事者を対象にして、「人生の最終段階における医療に関する意識調査」という大規模なアンケート調査を行い、同年六月に公表した。医療福祉関係者を含めた一万三八〇〇人に送付し、それらの三六・七%にあたる六九〇〇人から回答を得た。そのなかから関連する項目のみを抽出すると、

・人生の最終段階における医療について家族と話し合ったことがあるものは、約四五%であり、この傾向は平成二〇年の調査と大きな差はなかった。

・事前指示書（living will）の作成について問うと、七〇%以上がその意義を認めた。この意識は平成一〇年の調査に比べて二〇%も増加した。

・事前指示書の活用について問うと、九〇%以上がそれを参考にして終末期を扱って欲しいと答えた。

・事前指示書を作ってあるのかを問うと、わずかに五%前後に留まり、理想と現実で大きな乖離になった。

・自分で判断できなくなった時の治療方針の決定を誰に委ねるかを問うと、八〇%以上が、家の者たちの話し合いにと答えた。

・終末期医療として、抗生剤の投与、点滴治療、中心静脈や胃瘻からの栄養、そして人工呼吸などをあげて、そのうちどこまでを望むかを問うと、末期がんになった時には、点滴と

抗生物質は六〇％で望まれたが、中心静脈栄養や胃瘻、人工呼吸は六〇から七〇％が不要と答えた。これを、老人で寝たきりになったらどうかと問うと、抗生物質と点滴こそは四五％前後で望まれたが、それ以上の治療は七〇％以上で望んでいなかった。この傾向はいずれも過去の調査よりも顕著であった。

これらの資料はあくまで現在健康である人たちも含めた本人の意識調査であり、その結果を現実にその状態と向き合っている人たちの意識として捉えるわけにはいかない。それは、事前指示書を作ってあるかどうかの結果が物語っているように、理想と現実には大きな隔たりがあるからである。しかし、五年ごとに繰り返されてきた意識調査の推移からとらえると、少なくとも、かつてのように最後の一秒まで医療にすがりたいという姿が見直されてきたことは確かなことであろう。

**終末期医療に関するガイドライン**

そういった世論を見越すように各種の関係機関が、終末期の老人の扱いに対するガイドラインを公表している。

厚生労働省は平成一九年にそれを判断させるガイドラインを用意した。

「事前指示書などから本人の意思を確認できる状況ではそれを重視して決めなさい。それができない状況でも、もし家のものたちが本人の意思を推定できる場合には、それを尊重して最善の治療方針をとりなさい。そして、本人の意思を推定できない場合には、本人にとって何が最善であるかについて十分に話し合って決めなさい。以下略」、としている。終末期におよんだ老人の扱い方をいくつかの状況に合わせて指導しているが、典型的な行政通知のようで説得力を感じない。


日本医師会は平成二〇年に同じようなガイドラインを提唱した。

「近年、医学・医療が進歩し、多くの患者の命が救われるようになった。その一方で、回復の見込みがなく死期の迫っている患者が、本人や家族等が望まないにも拘わらず、延命処置を受けている状況が目立つようになった。『このような過剰と思える処置は無意味であるだけでなく、時には患者の尊厳を侵しかねないので中止すべきである』という考えも出てきた」

と前置きした上で、

「終末期医療に当たっては、いたずらに患者の延命を試みるよりも、本人のＱＯＬ（生活の質）をより重視し、場合によっては延命処置の差し控えや中止も考慮すべきである。その際、薬物投与、人工呼吸、栄養補給などの措置が問題になる。しかし、それらの治療の中止は患者の死につながるだけに、その決定には慎重さが求められる。そして、延命処置の差し控えや中止の判断は、担当医一人だけで行うべきではなく、他の医師や医療関係職種などから構成される医療チームの意見を十分に聞いたうえで行うべきである」と結んでいる。現実を掘り下げた文面ではあるが、当然のように結論づけられたものにはなっていない。

**終末期医療への意識の混乱と対応**

ここまでの考察を小括すると、「わが国には現世を重んじる観念が生き続けており、そこから肉親の命を一秒でも長く持たせたいという社会通念がある。そしてそのための手段として、本来の目的を越えたような延命処置が行われることがある。しかし、最近になってそのような行為は控えた方が良かろうという意見も聞かれるようになり、その傾向は年ごとに高まっている」となろう。

このように終末期医療に対する国民の意識には若干の混乱を認めるが、現実にそこにおよんだ肉親への家の者たちの対応について整理すると次の三つのパターンがあると思われる。

一つは、本人の意思を事前指示書（living will）として残してあるか、家の者たちに告げてある場合である。この場合には、それを最も優先して決めれば良く、たとえ、一切の医療行為は必要ないという意思であったにしてもそれが尊重されるべきであろう。ここに異論はないと思われるが、国民の意識調査からも明らかのように、自分の意思を記してある人は、社会通念の変化があるにもかかわらずわずかに五％と甚だ少なかった。

次のパターンは、本人の意思は明らかではないが、家の者たちが、「あらゆる延命処置は要らない」などの死に対する確固とした信念をもって臨んでくる場合である。この場合も、それはそれで一つの方向になろう。

残されたパターンは、家の者たちが自ら結論を出せないまま、友人などの周りの意見（風評）に振り回され、「どうしたら良いのか」と逡巡し、困り果てて医療関係者に判断をゆだねてくる場合である。このパターンが現状で最も多くみられるが、彼らと接する中で、終末期医療とはそもそも何であろうかと考えさせられた。そこで、彼らの心の動きからそのあたりを探ってみる。

**せめて点滴だけを…**

事前指示書もなく、また死に対する確固とした信念も持ち合わせていない家の者たちが、風評に押されるように「苦しまずに逝くのだからもう何の延命処置も受けずに静かに死を見届けよう」と決意したとしても、そのすぐ後から、それが肉親の死に直接つながることであるが故に、「ひょっとしてあの人はもっと生きたいのではないか、もしそうだとしたら、何もせずに逝かせてよいのだろうか」という思いがもたげ、ひいては「殺してしまうことにならないか」という恐ろしい観念に脅かされるようになる。そこから彼らの苦しみが始まり、やがて、どこかで心のバランスを整えようとする動きになる。

それを感じさせる事例としてよく耳にする声は、「延命処置は望まないが、せめて点滴だけはやってもらって、それでも駄目ならあきらめる」と言われることである。「点滴も延命処置に含まれるのだけれど、どうしてそのように考えるのか」と質してみると、「回りのものもみんなそう言うし、隣のばあさんもそうやって逝ったから」と応えられる。しかも、点滴をするための血管が枯渇してもう針を刺す静脈がなくなった時にはその時点であきらめ、その後は何もしないで看取ってほしいと続ける。そして、私が、「点滴だけというのは肉親の命をわずかに延ばすだけで、その先に何の効果もないのだよ」と指摘してみても、家の者たちは、「言われることはわかりますが、そうであってもそうしたい」と望む。

## 家の者たちのための医療

せめて点滴だけを…と望む家の者たちの意図はどこにあるのだろう。そこで視点を変えて彼らの立場になって考えてみる。彼らが風評などから「延命処置は望まないぞ」というもやっとした持論を作り上げていたとしても、いざ肉親の最期というその場になってみると、深い悲しみが混じり合って最善の方法とは何かを判断できなくなり、彼らの気持ちは延命処置を否定したいという曖昧な持論と、肉親の死につながる治療の中断とのハザマでぐらぐらと揺れ動く。そして、持論を捨てて点滴はおろか胃瘻までを造って生きていて欲しいという気持ちに駆られることもあろう。その挙句、「日ごろから言ってきた持論は曲げたくない。が人の気持ちは揺らぐものだ。この場におよんでどんなに心変わりしてもそれは悪いことではないし、誰も非難できないはずだ。でも持論は曲げたくない」と、回り回って出した結論が、「せめて点滴だけでも…」なのであろうか。

家の者たちは、点滴だけで一、二ヶ月を延命したとてそこに何の意味のないことを容易に理解できているはずである。にもかかわらずそれを望む心の内は、点滴治療に最後の望みを託すという肉親を思っての期待ではなく、死線をさまよう肉親を前に何もしようとしない自身に疼くようにもたげてくる恐ろしくも切ない良心の呵責を、「点滴だけはやってもらって…」ということでかわそうとしているのだと理解できたのである。つまり、終末期医療のある部分は、本人の延命ということよりも、家の者たちが肉親の死を容認できるまでのつなぎにあるとわかったのである。

私は、このように捉えるようになってから、それが矛盾した行為と承知しながらも、そこは納め、できるだけ彼らの思いを叶えるように努めている。

## おわりに

終末期医療をどこまで行ったらよいのかに関して多方向から考察した。その決定に関しては、本人の意思、疾患と病悩期間、家の者たちの信念と直近の感情、さらに医療機関の事業としての思惑、といった緒々の要素が絡んでいることを知った。そして、自然死を容認する社会通念に欠けるわが国では、そこに一定の方向を定めることは容易ではなく、個々の事例に沿った方針をとらざるを得ないと思われた。

一方で、終末期医療のある部分には、肉親の死をまえに逡巡する家の者たちのそれを容認できるまでの繋ぎも含まれていると思われた。

## 准看護師の功績

日本における戦後の復興が一応の成功を収め、社会に安定が認められ始めた昭和四〇年（一九六五）ごろに、弱者という立場から社会の片隅に取り残されていた障害のある人たちを医療、療育、教育とあらゆる分野を包含した集落《コロニー》に招き、そこでノーマライゼーションへの道を築きあげようという考えが芽生えてきた。その当時の桑原幹根愛知県知事は、この理念に基づいて愛知県心身障害者コロニーという総合福祉施設の発想を練り上げた。そして、昭和四三年（一九六八）に重症心身障害児施設であるこばと学園（二〇〇床）を開設したのを皮切りに、数年を費やして、障害児者の専門医療を担う中央病院（二〇〇床）、基礎的研究を行う発達障害研究所、障害児教育を切り拓く春日台養護学校（小学から高等部まで）、障害のある児童の入所施設であるはるひ台学園（二〇〇名）、知的障害者更生施設である養楽荘（一五〇名）、授産施設としての春日台授産所（一〇〇名）、訓練校としての春日台職業訓練校（一〇〇名）を相次いで開設した。完成した総合施設は当時の社会にあくまで崇高であり、衝撃的ですらあったと思われる。桑原知事の面目躍如の大事業であったのである。そして、それから数年後の昭和四九年（一九七四）に春日井高等看護学院を開校した。それは当初の構想にはなかった准看護師の進学校であったが、それにはそれ相応の理由があったのである。

私は中央病院が開設された昭和四五年（一九七〇）からこの施設に就職し、定年退職するまでの約四十年間をお世話になった。その中で特殊な病院という位置づけの中央病院やこばと学園に働く看護師の生活をつぶさに観察できた。それはそのまま日本の看護体制の変遷を物語っている。

理解を容易にするために日本における看護師の種類から触れておこう。一般に看護師と呼ばれる職種は、高等学校普通科を卒業後に看護専門学校か看護系大学のいずれかを卒業し、国家試験に合格して資格を得たものを言う。それに対して、准看護師は、終戦直後の昭和二六年（一九五一）に当時の女子の低い進学率や看護師不足を考慮して取り急ぎ議員立法で制定された職種であるが、高等学校衛生看護科（三年）卒業、ないし中学校か高等学校普通科卒業後、准看護師学校（二年）を経て各都道府県の試験に合格して資格を得たものを言う。業務内容は、看護師が自らの判断による主体的な看護が行えるのに対して、准看護師は医師、歯科医師、または看護師の指示を受けて、療養上の世話、または診療の補助をなすとある。そして、准看護師から看護師になるためには、中卒者は三年の実務を経て、高卒者はそのまま看護師養成学校（いわゆる進学校、二年課程）か、看護短期大学（二年課程）に進み、卒業後に国家試験に合格して資格を得る。

## 開設当初の看護師の状況

今でこそ看護師の社会的ニーズは高まるばかりであり、それに伴ってその養成は欠かすことのできない国家事業になっている。それを受けるように全国に看護系大学や看護専門学校が林立している。その要因は、看護師の数を満たすという社会的ニーズにあるが、今一つ、看護業務の見直しがなされ、仕事の内容に隔世の進歩を遂げたことが挙げられる。つまり、医師の下働き的な業務から患者介助を中心にした業務への転換がなされ、そこに独立した職種という位置づけを獲得できたからである。

そこに至った変遷をコロニーの看護業務からふり返ってみる。

中央病院が開設された昭和四五年（一九七〇）ごろの看護業務を当初から係長としてお勤めになったある事務官が、

包帯は薄《すすき》のごとく自由なり

という現代俳句で表現している。つまり、使用済みの包帯を再利用するために洗濯をして、屋上に作られた物干し竿に並べて干してある状況を詠まれたものである。今でこそ、感染の危険性から包帯を再利用することなどはなくなったが、当時はまだまだ物資が不足しており、包帯の再利用はどこの病院でもなされていたのである。さらりと詠まれたこの一句から、当時の社会情勢と医療環境が鮮やかに蘇るが、私は、このあと幾人かの看護師が輪を作り、取り入れた包帯の皺を伸ばしながら上手に巻き上げる和やかな情景も回想できる。こんな風景が当時の看護師の現場であったのである。

そのころの看護師に対する社会的認識が現在ほどに高くなかったためか、そこを目指す若者も限られており、それに看護師養成校の整備も充分でなかったこともあってその数が絶対的に不足していた。この状況は愛知県だけに留まらず全国的に認められた現象であった。その中で、こばと学園を開設した当初に二九名であったコロニーの看護師の定数が、中央病院の開設などから一気に増加し、四年後の昭和四七年（一九七二）には一九二名に膨れ上がったのだ。これだけ急増した員数を満たすにはたいへんな努力が必要であった。実際に、コロニーの事務部門に看護師の確保を主な仕事にする看護療育室が設置されたのも十分にうなずけることであった。そこに配属された職員は遠く九州まで出向いて勧誘活動を繰り広げたのである。

そんな状況であったので、全ての員数を看護師でまかなうことは難しく、准看護師が多く採用された。それは、昭和四七（一九七二）年度の看護職員一九二名中九〇名（四七％）を准看護師で占めたことからもうなずける。准看護師の多くは、中学校を卒業したあと准看護師学校を経て各都道府県で資格を取り、九州などの遠方から親元を離れて就職してきた人たちであった。彼女たちは寂しさを紛らわすかのように障害のある人たちの医療をひたむきに支えていったのである。

その中には向学心に燃える人も多くおり、能力をもちながら家庭の事情で進学を諦めて准看護師になった人たちはとくに、看護師の資格を取るための進学を希望した。当時、この地方で准看護師から看護師になるための進学コースは、名古屋市昭和区内にあった県立総合看護専門学校の第四科（三年課程）のみであった。したがって、そこへ進学した准看護師、院内では学生さんと呼んでいたが、彼女たちは往復三時間をかけて通学したのである。その数はなんと毎年三十名近くにおよんだ。つまり就職してきた准看護師の大半が進学を希望したのである。この進学コースは隔日制であったので、登校日は朝六時半のバスに乗って出かけ、授業が終わると同時に帰院し、そのまま四時間の夜勤をこなした。そして学校のない日は十二時間勤務をして、週五日、一日平均八時間の勤務条件を満たしたのである。私が病院当直をしていると、朝早くバスにかけこむ学生さんの姿を見かけ、大変だなーと感じ入ったものである。

## 春日井高等看護学院の開校と運用

このような過酷の状況で働き、そして学んでいる職員がいることを知った県当局は、同じような状況にあった春日井市と協調して准看護師の進学校を設立することにし、昭和四九年（一九七四）四月に、コロニーの敷地内に鉄筋コンクリート二階建ての春日井高等看護学院（以下本校）を開校した。初年度の入学生四一名中、なんと二六名（六三％）がコロニーからの進学生であり、彼女たちがいかに待ち望んだ開校であったのかを知ることができる。

それから三十数年を経た。この間に本校で目的を果たして看護師の資格を取得できた准看護師は一〇七七名に達している。

一方、日本の社会情勢はその間に大きく変化した。豊かな経済力を背景にした高度成長時代に入り、医療環境にも革命といっていいほどの発展があった。その中のひとつに前述した看護師に対する社会的認識の変化がある。つまり、それまでは診療介助と言えば聞こえは良いが、実際には医師の下働きという感じの強かった看護師のあり方が、独立した職種として患者介助に重点をおいた姿に見直され、それとともに社会的認識も高まっていったのである。そしてこの動きに合わせるように四年制の看護大学がまさに林立し、そのほかの看護師養成校も充実していったのである。

独立した職種としての看護教育が浸透するにつれて看護師の員数は急速に増加していき、平成一四年（二〇〇二）からは男性の進出に対応するように呼び方も看護婦から看護師に変わった。こういった社会の変遷に押されるようにコロニーにおける看護職員の状況も大きく変化した。つまり、看護師が増加するに連れてコロニーが募集する准看護師の数が減少していき、それに伴うように、コロニーから本校へ入学する学生も減っていったのである。開校してから五年間こそは毎年二十名以上の准看護師がコロニーから進学してきたが、その後は漸減し、昭和六〇年（一九八五）の十一名を最後に一桁になり、平成元年（一九八八年）にはコロニーからの入学者がひとりもいなくなったのである。その後にわずかの入学者を認める年もあったが、ついに平成九年（一九九七）以降は七年連続でコロニーからの学生がいなくなったのだ。そして、平成一六（二〇〇四）年度のコロニーの看護職員二四七名中、准看護師はわずかに四名、一・六％にまで減少したのである。

### 准看護師の功績

県当局はこのような状況を慎重に検討した結果、コロニーへ就職した准看護師のための進学校という色合いで設立された本校の直接的な目的はすでに達成されていることと、愛知県内にある准看護師の進学校は十四を数えるまでになったことなどを理由に、平成一六年（二〇〇四）をもって閉校することを決めたのである。

本校は開校からわずか三十年という短い期間で閉校されたが、この間に通学してきた全ての准看護師の夢をかなえる拠り所として存在した。そしてコロニーから入学した准看護師たちは、本校に誇りを持って通い、一方で臨床を立派にこなして不足する看護師の任務を補った。この事実はコロニーの看護師の歴史に動かせない一ページを記しており、間違いなく一つの時代を築いたといえる。彼女たちの存在なくしてはコロニーの臨床は成り立たなかったこと、そして、やがて看護師が満たされるまでのつなぎを成し遂げたことは、胸張って誇るに値する功績であると考える。

本校は閉校されたが、千有余の同窓生の心に生き続けるものがある。それは、心身に障害のある人たちをお世話している愛知県心身障害者コロニーの看護学校であったからこそ習得できた幾つかの誇りである。つまり、本校の校歌にもある「豊かな心を持って患者を癒し、その支えになる」という精神を学ぶことができたことである。これこそが看護の原点であり、時代がどのようになろうとも決して変わらない理念であると考えるからである。それを、障害のある人たちに対する看護の中から習得できたことは、何よりの喜びであり、他に代えられない誇りであると思われる。この理念は同窓の友によって引き継がれ、それぞれの分野で受け継がれていくことであろう。そうなればこそ、本校は閉校されたが、その精神は未来永劫に生き続けると信じている。

私は本校開校以来ずっと外科疾患を担当し、その後も特別講義などで時々に教壇に立たせていただいた。開け放たれた教室の窓から、四季折々に変化するコロニー山の木々を眺めつつ、桜花爛漫の折などでは、そよ風に乗って教壇に舞い落ちる花弁をそのままに講義した頃が懐かしい。

# ふるさと

今日はあゆみちゃんの結婚式である。私は、あゆみちゃんが小さかったころに病気を治療したことが縁で、それから十六年も経た今日の晴れの舞台に招ねかれた。それは、あゆみちゃんの病気が今も続いているからではなく、治療が終わってからも、時の節々で連絡を取り合いながら、彼女の成長を見守ってきたからである。

外科医の五六歳というのは、知識と技術の複合からなる職業として、その水準は個々によって異なるものの、それぞれの頂点に達しようとする年頃である。私も小児外科医として二十五年を経て、それなりの力を蓄え、近郊の先生方から一応の評価をいただけるまでになっていた。そんな折に私はあゆみちゃんを治療することになった。

私があゆみちゃんと初めてお会いしたのは彼女が八歳のときである。数日前に豊田市にある病院の小児科の先生から相談を受けていたので、それなりの予備知識を持って迎えることができた。ご家族を診察室に迎えたとき、あゆみちゃんはご両親の影に隠れるように小さくなっていた。そして診察台に乗せられたときも、覚悟していたかのように泣きもせずに静かに横たわった。気持ちを和らげようとする私の呼びかけにも答えようとしなかったが、上目使いに私に視線を送りながら、これから命を託す人を定めているようであった。私は、その眼差しを感じながら、この子を襲った病魔との対決に沸々とした闘志を抱いたのである。

来院される前にすでに十分の検査がなされていたので、麻酔に欠かせない検査を行うのみで手術に入っていった。予想されたように肝臓の左半分を占める大きな腫瘍であった。肝臓に対する手術は、今でこそ標準化されたように聞いているが、当時の小児外科分野ではその機会も少なく、まだまだ挑戦的なことであった。そういったこともあって慎重の上にも慎重に手術を進めた記憶がある。約六時間を要したであろうか、なんとか無事に目的を達することができた。

あゆみちゃんにとっての闘病は、手術に耐えたことだけでは終わらず、むしろその後に続いた長期間の化学療法にあった。この病気に有効とされる薬を幾重にも重ねて投与し、手術で足りなかったところがあったとしてもそれを補って治療を完璧なものにするためであった。あゆみちゃんは、体力の温存と感染を防止するために、病室の一番奥の個室に入れられ、そこから出ることを禁じられた。だから、同じ年頃の子どもたちの廊下を行き来する声を聞きながら、監禁されているような日々を強いられたのである。交代で付き添っていたお母さんやおばあちゃんがあの手この手で気を紛らわせてくれていたけれど、六ヶ月間もベッドに横になりながらじっと耐える生活は想像を絶する苦しさであったに違いない。

この気の狂いそうな時間をあゆみちゃんは何を頼りに我慢していたのだろう。三ヶ月くらい経ったある日のことである。私がいつものようにガウンをまとって病室へ入っていくと、ベッドの脇の机の上に、はがきより少し大きめの風景画の入った小さな額がおかれてあった。それを手にとってみると、色鉛筆で山里の風景を下地に描き、そこに稲穂や草花を小さく切って貼り付けてあった。それを見た私は、この風景はあゆみちゃんのふるさとに違いないと思った。お母さんが家に帰られたときにつんできたものを材料にして作った貼り絵であったからである。私は、この風景画から、あゆみちゃんの、「必ずそこへ帰って行くのだ」という強い意思を感じることができ、このふるさとへの思いこそが彼女の耐える源になっていると理解できたのである。

化学療法を順調にこなして半年が過ぎ、冬を迎えようとした頃には、外泊を許されるまでになっていた。ある月曜日である。週末を家で過ごして帰ってきたあゆみちゃんは、妙に日焼けしていた。尋ねてみると、ふるさとはもう雪だったという。そして、お友達と橇代わりのダンボール紙をお尻に敷いて裏山の斜面を滑り降りる遊びをしてきたからだとはしゃいでくれた。

そのときの健康と自信を取り戻したあゆみちゃんのはちきれんばかりの笑顔を忘れることができない。

やがて退院されていくときに、あゆみちゃんはあの貴重な作品を私にあげるといっておいて行った。もう必要ないと感じたからであろう。

# ある結婚式

平成二五年五月一八日、名古屋市内の八事にあるマリエール山手の大聖堂で厳粛の中にも和らいだ雰囲気で、ある結婚式が執り行われた。新郎はT自動車の開発部に席を置く工学士であり、新婦は0歳児から預かる保育園の保母さんである。私は新婦の知り合いとして招かれた。

最寄りの地下鉄駅を降りてから、上りの坂道を二十分ほど登っていったが、背広を着ていたせいもあって汗ばむほどに暑かった。予定より遅れて着いたなと感じていたが、やはり受付も終わりかけており、式場の入り口にはすでに入場者の列ができていた。その最後尾について大聖堂に入り、バージンロードの脇に席を取った。ここはあくまで結婚式のための大聖堂であるが、天井も高く、窓のステンドグラスも洒落ていてなかなかの雰囲気であった。

まもなくして式が始まった。正面の式壇に新郎が立ち、神父さんの合図に合わせて正面の扉が開くと、父の手に導かれて新婦が登場した。高校生の時以来約十年ぶりに見る新婦はすっかり成長しており、少し緊張している様子であったが、二十代後半の女性らしく落ち着いた足取りであった。導く父親は、白髪にこそなったものの当時の一徹の技術屋らしい雰囲気は失せていなかった。一歩ずつ噛み締めるように進む父子がやがて私の脇を通り過ぎた。二人とも正面を向いたままであったが、私のいることに気付いた様子であった。

式は滞りなく進み、指輪交換になって徐々に盛り上がって行った。そして、神父さんに促される誓いの言葉に続いて、聖歌隊の賛美歌が流れ、最後に中庭に出て結婚した証しに新婦がブーケを投じて結ばれた。

つづいて、披露宴会場に席を移した。それほど広くない会場に丸テーブル形式で席がつくられていた。私は、新婦との関係で上座に座らされるのか、それはいやだなと恐れていたが、導かれた席はなんとお父さんの隣であった。つまり、家族席に入れてもらえたのである。お母さんも、兄さんも姉さんもいた。それぞれが連れ合いと子どもを連れていた。私の気持ちは途端に和み、早速お父さんとお互いのその後の移り変わりを分かち合うと、十年間の空白は一気に埋められた。これは新婦の心遣いに違いなく、それがとても嬉しかった。

新郎が仕事場の上司や同僚から信頼され慕われもしているのだろう、宴会は彼らの知性豊かな絶妙の演出で一気に盛り上がった。式典のけじめをつけるように、両人の上司による祝辞で始まったが、その後は、スライドを使ったすばらしい仕掛けで新郎だけでなく新婦の紹介もなされていった。

新郎の生い立ちや、Ｔ自動車の将来は彼の双肩にかかっているなどのいささかオーバーな紹介が終わって、新婦の紹介に移った。すると、いきなり、

「実は、新婦は生まれた直後に大変貴重な経験をした人なのです」という呼びかけで始まり、

「新婦は内臓に障害を伴って生まれ、生後三時間で手術を受けたのです」と続けた。

「幸い手術は成功しましたが、その後で、この病気に特有の致死的な病態に陥り、幾日も生死の境をさまよったのです。そして、医療団の懸命な努力も空しく万策尽きかけた時に、お父さんの決断があって、当時、日本ではまだ成功例のなかった新生児ＥＣＭＯ《エクモ》という最新の治療法に挑んだのです」。

「新婦は、父と医療団を信じ、約六十時間の長い戦いをじっと耐えました。そして、ついにその頑固な病態を克服したのです。しかもなんの後遺症も残さずに蘇ったのです。それが今日この日につながっています」と一気に話された。そしてそれ以外は何の演出もせず、おそらくお母さんが大切に保存されていたのであろう、ＥＣＭＯ中の写真や退院された時の記念写真などのスライドを実にさらっとした調子で流されたのである。

この見事な演出に私の涙腺はすでに限界に達していた。宴が重い雰囲気にならないようにあえてあっさりと、それであって、新婦が困難な障害を伴って生まれ、それを克服したいきさつ

ミシガン大学

を胸張って正々と紹介してくれたことが何にもまして誇らしかったのである。

すっかり満たされて帰宅した私は、その足で、世界のＥＣＭＯのパイオニアであり、新婦が二歳のときに会ったことのある米国のミシガン大学の友人に、「Emi got married today…」とメールを送った。するとすぐに「Thank you; please tell her hello for me…」と返ってきた。

# 第二章　障害のこと

# イエローブック

## 外科医がたどる道筋

私が医師になったころの外科医がたどる道筋は、初めに一般外科の研修を受け、基本的な手術手技と知識を習得したうえで専門分野を選択するのが慣わしであった。専門分野は、母校に帰って、そこで行われている専門診療の中から選択するのが通常で、他学にある専門分野を選ぶ人は極めて少なかった。私もその線に沿っていったが、とくに一般外科の研修に二つの病院で六年間をかけた。その期間は今では考えられない長さであり、当時でも友人と比べて長い方であった。それは初めの病院での研修が外科技術の習得に不十分であると感じられたからである。そして、二度目の病院で三年半におよぶがっちりした研修を受けたあと、私は小児外科を専門分野に選んだのである。

一般外科の研修を終えて赴任先から大学病院へ帰って行くことを「帰局する」といっていた

が、私は大学病院へは帰らずに、そのまま開設されたばかりの愛知県心身障害者コロニーの小児外科に就任した。そして、図らずもその後も同じ病院に勤務することになったので、私には帰局をして大学で生活したという経歴がない。

## イエローブック

私が専門職へ入ったのは昭和四五年（一九七〇）であるが、その当時、小児外科という分野は世間にあまり知られておらず、学会においてもマイナーで、圧倒的な成人外科の片袖にも及ばなかった。私にとっても、それまでは成人ばかりの一般外科に漬かっていたので、小児外科に関する知識は極めて浅く、それも一般外科に紛れて経験されるものに限られた。とくに、その後に私を虜にした新生児外科に関しては、素人といわざるを得ないほどのお粗末な知識しか持ち合わせていなかった。そのために来院される患者さんの病態は見たことも聞いたこともないものばかりであり、私はその対応にうろたえたのである。

この状況を打開するための一つの糸口として、新しい患者さんを診るたびに、その方面の文献を探り、そこから知識を積み重ねていく方法があると思われた。しかし、この方法によって個々の病態を断片的に学び、それらをつなぎ合わせたとしても、基本的な土壌がなければ、新生児外科の全体像をとらえることは難しかろうと思われた。それよりも、少し遠回りになるが、一冊の教科書を読み通して新生児外科の全貌を理解し、それをベースに文献などから知識を深めていく方が理にかなっていると考えた。

それと同時に私が教科書を通読しようと決意したのには、他にもう一つの理由があった。私は、学生時代に受けた講義からも、その後の生活の中からも、新生児外科学の対象となる先天異常の子どもたちにどのように対峙したら良いのかについて教えられたこともなかったし、考えたこともなかった。「治療が大変難しく助けること自体が困難であり、たとえ救命できたとしても、何らかの後遺症（障害）が高率に残る。したがって、積極的な治療は考えものである」、というのがおそらく一般的な見方であり、私自身の心中にも似かよった観念があったのである。しかし、病院に紹介されてくる先天異常の赤ちゃんの懸命に生きようとする姿を見るにつけて、私は、はたして彼らの医療水準がいま先進国でどうなっているのか、また彼らに対する考え方はどうなのかについて、実際に診療にあたっている医師から知りたいと思うようになった。これが教科書を読もうとした他の大きな理由であった。

当時の日本における新生児外科学はいまだ黎明期にあり、邦文の教科書として全体を網羅したものはごく限られていた。そこでこの分野の草分けであり、約一〇〇年の先を行く英国の出版物の中から一冊の教科書を探し当てた。それは、英国リバプール市のアルダーヘイ小児病院（一九一四年設立）のリッカム先生が書かれた「新生児外科学」という単著である。初版には黄色いカバーが付いており、イエローブックと言われた六百頁を越す大書であった。

この本の書き出しにあった、「新生児外科は広い意味で先天異常の外科である。出生の二％の赤ちゃんがもし治療を受けなかったら死亡するか、何らかの障害を残す異常を伴っている」、とした文章が私をいきなり引きつけた。本来、五体満足で世に出てあたり前の生命誕生のプロセスで、誰の悪戯からかある齟齬が生じ、それがもとで先天異常として表われる。この齟齬は胎児の責任において生じることではないがゆえに尋常に生まれる子どもたちと比べて不公平であり、そこと向き合う分野が新生児外科学と考えた時に、三二歳であった私の男気のようなものが疼いたのである。

そういうことがあって私は、この教科書を無垢の心境で通読してみようと決心した。その後も小児外科の教科書を幾冊か購入したが、いずれも共同執筆であり、いわば電話帳のようで、そこには思想が感じられず、通読する気になれなかった。それに比べて、この教科書は単著であり、圧倒的な体験を礎に書かれていたのでそれだけでも迫力があり、病態の理解を通して著者の信念が伝わってきたのである。

## 心に残るもうひとつの教科書

生涯を通して心に残る本というものはそんなに多くはない。まして医学書となると、なおさらである。私が学生時代に読んで、その後の医師としての基盤を作ってくれた病理学の教科書については別稿（分化と再生）に記した。その時とは違った思いがこの教科書に込められている。それは前述した、先天異常に対する医療水準を知り、併せて彼らのとらえ方を探りたいという期待に十分に答えてくれたからである。

その一つは、先天異常の外科的治療成績が私の予想をはるかに超えて優れており、「助けることが困難で…」というそれまでの愚かな観念をいち早く否定されたことである。それは生存率のみでなく後遺症の発生率という点からも明らかであった。私は、これらの事実を知ることで、この分野に感じてきた消極的な観念を改め、先天異常の外科的治療に挑戦的ともいえる闘志を燃やすことになっていったのである。

いま一つは、著者の先天異常の子どもたちを捉える姿勢が自然であり、そこに何の隔たりも感じられなかったことである。つまり、障害のある子どもたちの捉え方について私に原点から整理しなおさせるきっかけになったのである。

実は、私が障害のある人たちの総合福祉施設で生活するなかで、いかにも奇異に感じてきたことがあった。それは障害のある人たちや保護者からも、そして施設の職員からも感ぜられる意識の特異さである。つまり、彼らから一種独特の権利意識を盾に、「障害があるのだから先に診てほしい」と言い寄られた時や、職員から「私は障害児者を看てあげているのだ」と胸張られたりした時に特に強く感じられたのである。こういった意識の育った背景を簡単に述べることは難しいが、私は、「障害があるのだから特別に厚く扱い、ある部分で大目に見てあげよう」といったまさに上から目線の甘い保護意識を世の中に育ててしまったことが強く関わっていると考えている。その中で障害のある人たちは、「障害があるのだから特別に扱って欲しい」という甘えた権利意識を作り上げていったと思われる。

私が手術台に寝かされた子どもたちに対峙するときは、シーツの下に横たわる患者さんの状況を考える余裕などはなく、ましてそれによってメスさばきが左右されることなどは一切ありえない。つまり、この場では患者さんに障害があるとかないとかといった隔たりはまったくなく、そのかかわりは誰であっても対等であり自然なのである。この外科医としてごく当たり前の姿勢と比べて意識に大きな差があると感じてきたのだ。

私の手術に向かう姿勢と相通じる感覚をこの教科書の行間から嗅ぐことができたことが、私のその後の生活に大きな勇気と自信を植え付けるきっかけになった。それに後押しされるように、私は、障害のある人たちを特別視する意識を改め、なんの隔たりのない正しく平等の環境を作ってみたいと考えるようになったのである。この観念は、その後の診療を通して成熟していき、やがて管理者として障害児者政策を立案する時になって、その骨子になったのである。

## 身につまされる

私が愛知県心身障害者コロニーにお世話になり約三〇年を経たときに、中央病院の院長という立場で、今後の障害者施設のあり方について多角的に考察したことがある。それは、障害のある人たちに対する社会的および医学的認識の変化を学び、同時に彼らのとらえ方に関して私自身の心中に確固とした変化を感じたからである。

しかし、それらの論理的な根拠とは別に私に再編の必要性を迫った理由はもっと身近な現実にあったのである。

**施設にいることの本当の事情**

コロニーには年齢層と利用目的に合わせて四つの入所施設があり、それに全寮制の職業訓練校を加えると約六六〇名の障害のある児者が生活している。その中に、知的障害者更正施設として一五〇人が定数の成人向けの施設がある。それを創った目的は、知的に障害のある人たちを入所させ、集団生活を行わせながら個々の能力に応じた作業療法を施し、やがて社会へ復帰させることであった。ところが、現実に社会復帰まで更生できる人はごく限らており、年数を経るにつれていつしか知的に重い障害のある人たちの生活の場になっていった。これはコロニーだけに限られたことではなく、どこの更正施設にも認められる現象であった。

本来は更正を目的にした施設であるにもかかわらず、どうしてそこがいつしか生活の場に転じてしまったかというと、それは、本人に重い障害があるために社会復帰が困難であるという切ない事情もあったであろうが、それよりも当時の社会には、家族の幸福を重んじるがあまり障害のある親族を隠すように施設に預ける、つまり、弱者犠牲の考え方が根強よく残されていたからである。本人もそれをうすうす承知したうえで入所していると感じられることもあった。

**事例一　慈烏反哺**

H君はまだ三十台半ばの若い入所者であった。極端に吃《ども》る癖があり、それを恥じるように人との接触をいやがった。いつも一人で行動し、施設を抜け出してはコロニーの敷地内をややうつむき加減の姿勢で小さく独話をしながらせこせこと歩き回っていた。人が近づくと横目を使ってすばやく人定めをし、知らない人だとさっと通り過ぎて行った。幾度か同じことを繰り返すうちに私のことを認知した様子で、立ち止まってくれるようになった。H君は重度の知的障害者（ＩＱ三五以下）に区分けされていたが、彼の言葉の障害が点数を下げる要因になっていたようで、私には重度とは思えなかった。

私は日曜日でも回診のために病院へ行くことがあっが、コロニーの入り口のバス停に決まってH君がいることに気がついた。いつの時かそれが気にかかり、車を止めて、

「H君、ここで何をしているの?」と尋ねてみた。するとH君はおぼつかない言葉を必死につなぎながら、

「お、お、お父さんが、く、く、来るから、ま、ま、待っている」と言った。やがて時間が来てバスが到着したが、当然のようにお父さんは降りてこなかった。H君はそれを見届けると、肩を落として離れて行った。

H君の家は遠く離れた三河の山奥にある。コロニーへ行こうとすれば、家からバスで最寄りの駅まで行き、そこからいくつかの列車を乗り継いだ後、ＪＲ高蔵寺駅からコロニー行きのバスに乗らないと届かない。同じ愛知県内でも片道でゆうに三時間はかかる道のりなのだ。そのうえ、お父さんには心臓に持病があり、歩くこともおぼつかない程であったので、そんなに足繁く来られなかったのである。

それでも、息子のことが気にかかるのか、コロニーでお祭りなどのイベントがあると、おそ

らく息子の衣類と思われる荷物を持ってバスから降りてきた。その時のH君は、日ごろの無表情の振舞いからガラッと変わり、ニコニコと笑顔をこぼしながらお父さんから受け取った風呂敷包みを抱えて、ゆっくり歩く父をいたわるようにその後を進むのだ。私はその情景に思わず立ち止まり見とれるほどの感慨をもった。そして、祭りの会場に着くと、お父さんを自分の席に座らせ、自分に与えられていた食べ物の交換チケットを惜しげもなく使って焼きそばやおでんなどをかいがいしく運ぶのだ。まさに慈烏反哺の姿そのものなのである。

私がお父さんに近づくと、年老いた彼はぜいぜいと息苦し気にしながら、

「遠いし、持病があってなかなか来られないが、日ごろからこの子が不憫で仕方がない。だからと言ってどうしようもないのです。どうかあんじょう頼みます」と頭を下げられ、続けて、わざと口調を変えて

「先生の言うことをきちんと守っておとなしくしていないと駄目だぞ」と息子を窘《たしな》められるのだ。H君はお父さんの脇にしゃがんだまま、よだれがこぼれそうな笑みを浮かべて何度もうなずいていた。これが、H君がどんなにか待ち望んだ日の情景であり、彼が本来の姿をあらわにした瞬間なのである。

やがて帰りの時間にせかされるようにお父さんが腰を上げると、H君は途端に寂しげなしぐさになったが、それでも気丈に支度をして父をバス停にまで送っていった。そして、自分も一

緒に乗ってふるさとへ帰りたい衝動を懸命に抑えて、むずかることもせずに父だけを乗せた。自分がここに留まらないといけない事情を十分に分かっているようであった。お父さんは座席から真っ直ぐ前を見据えたまま振り向くことはなかった。

**事例二　身につまされる**

コロニーにある四つの入所施設のうち、二つが児童福祉法に基づくもので、そのひとつは重症心身障害児施設であり、いまひとつが知的に遅れた学童のための施設であった。今でこそ、各地に各種の養護（特別支援）学校ができ、地域で受け入れが可能になったが、昭和四五年（一九七〇）当時では、知的に遅れた学童の一部はコロニー内の施設に寄宿して、そこにある養護学校へ通ったのである。

私は養護学校の運動会や餅つき大会などによく出かけ、学童と遊戯や餅つきに興じたことがある。また、当直の朝などでは、病院の窓からまだ幼い学童が指導員に先導されて通学する姿を目にとめたこともある。さらに、彼らが風邪などを引くと診察したこともあった。そういった折々で、自分の子どもと同い年ぐらいなのに親から離れて寄宿生活を送る彼らを不憫に思い、何とかならないのかと考えさせられたこともあった。

コロニーでは、施設間の親睦や家族との触れ合い、それに地域の人たちとの交流などを目的に毎年一回、お祭りが催される。それに合わせて各施設が用意した出し物で祭りを盛り上げるのだが、決まってなされたのが写真展であった。

ある年のことである。学童の入所施設からいく枚かの写真が紹介されていたが、私はその中のある写真の前で足がすくむほどの衝撃を受けた。それは、いたいけな学童が机にもたれるようにして手紙と思われる文章を綴っている写真であったが、その文面が私の心に突き刺さったからだ。

「おとうさんおかあさんおげんきですか。あしたみんなきてください。よいこにして……」

と読み取れたのである。

入所する時に家族から「良い子にしていないといけないよ、でないと面会に行ってあげないから」と言い含められていたのであろう、それをきちんと守っているから会いにきてくれとせがんでいるのだ。なんとも身につまされる文面であったのである。

こういった事例をいくつか体験するなかで、私は、彼らはここにいて本当に幸せなのだろうかと素朴に感じるようになった。そして、私には、「彼らは、本当は自宅で家族に囲まれていたいに違いなく、その方がここにいるよりかいく倍も幸せなのにと思っているに違いない。でも、自分が家にいれば、親兄弟に迷惑をかけることになるからそれは難しく、どうしてもここにいないといけないと辛抱しているのに違いない」と思えてきたのである。

これが私に、「コロニーはこのままではいけない、家が難しいのなら地域で受け止めるような再編をしなければ」、と決心させた直接的な理由であったのである。

## 医療の展開と障害

私は愛知県心身障害者コロニー中央病院が開設された昭和四五年（一九七〇）からお世話になり、約四〇年間を勤め上げた。この間を通して考えてきたが解けない疑問がある。それは、障害とは何か、障害者とはどういう人たちを指しているのかについて明確に理解できないことである。

たとえばＷＨＯ（世界保健機構）は、昭和五五年（一九八〇）に障害として機能障害（Impairment）、能力低下（Disability）、社会的不利（Handicap）の三種類をあげ、そこに含まれる人たちが障害者であると提唱しているが、あまりにも広すぎて、これだけでは具体的に理解できない。

また、障害を身体障害者福祉法や知的障害者福祉法などの法律で規定された状態と定義してみても、それは一見公平に思われるが、それらの法律は国によって大きく異なっており、それだけでは少なくとも国際的な統一は得られない。それでは国内だけでもここから定義づけられないかとしてみても、たとえば、身体障害者福祉法は昭和二六年（一九五一）に視力、聴覚・平衡、音声・言語機能障害者に加えて、主に戦傷による肢体不自由者を対象に制定されて以来、平成一〇年（一九九八）までの五十年間に、心臓・呼吸器、腎臓、膀胱・直腸、小腸などを加えて、なんと四十二回も改正され、ついに最近ではエイズ感染者も回復できる治療法が未開発ということでここに加えられているのである。したがって、猫の目のように変化する法律で障害を恒久的に定義することは、国際的にも、また国内的にも困難であることを理解できよう。

一方、私が関わっている医学からみた一般的な定義は、障害とは、「病態が固定的で現状では治療の望めないもの」とし、それへの対応を福祉（Care）と位置づけ、一方、「病態が非固定的で治療の可能性のあるもの」を疾病とし、その対応を医療（Science）として区別している。しかし、医学の進歩はかつて根治が困難で障害とされたいくつかの状況を治療の可能の、すなわち疾病の領域に呼び込んでおり、歴史の中で流動的である。

このように考えると、障害とか障害者をある範疇に特化して普遍的に位置づけること自体に無理があるように思われる。しかし、現実には、障害とか障害者という言葉が何のしばりもなく自らの裁量で日常の会話の中に現れ、またその文字が多くの文章に定義づけのないまま用いられている。私がお世話になった施設名の冠にも障害者という文字があるが、コロニー条例を見ても、ここでいう障害者の定義づけの条項は見当たらなかった。
そこで、医療のおおざっぱな展開をふり返り、そこでの障害について掘り下げてみる。

**医学の目的**

人類は種の保存と繁栄のために延命を志ざし、それを目的にした科学を医学と名づけて発展させてきた。その究極の目的は、生命を脅かす全ての状況の発生機序を解明し、そこから十分に効果的な治療法を開発して完全な治癒と予防を可能にする、そして、最終的にその状況が人の関心から遠のいて忘れられてゆくことにある。例えば、かつて世界を恐怖の坩堝に陥れたペスト（黒死病）や日本脳炎などは、病態の解明から予防に至るまでの全ての段階を克服でき、少なくとも日本においては、今やそれを意識する人は殆どいないと言ったことである。
いま仮に医学からみた一般的な定義をもとに障害と疾病をとらえるとして、歴史の中で両者がどのような関係にあったか、またこれからどのように変化していくのだろうかについて考察する。繰り返しになるが、
・障害：病態が固定的で現状では治療が望めないもの。
・疾病：病態が非固定的で治癒の可能性があるもの、として検討する。

## 一九〇〇年以前の医学からみた障害と疾病

近代医学が始まる一九〇〇年以前に病的な状況が大流行した記録は疫病として数多く残されている。一四世紀にヨーロッパを襲った黒死病は人口を激減させるほどの脅威を振るった。やがてこれはペストの大流行であったと判明するのだが、その当時は個人や施政者への祟りとしてとらえられ、対応はもっぱら祈りとお祓いであった。つまり病いという観念からはほど遠く、医学は科学といえる状態に達していなかった。醜い皮膚疾患（現在のハンセン病）に倒れ、洞窟に隔離された母と妹をイエス・キリストが助け出す「ベン・ハー」という映画からその状況を知ることができよう。

一九世紀になると、結核が脅威を振るいはじめ、多くの知名人がそれによって命を落としている。イギリスの小説家、ブロンテ三姉妹はあまりにも有名な事実である。作曲家のショパンもまた結核と戦っている。日本では、幕末の革命家、高杉晋作が志半ばで命を落とした。その頃から結核が人から人へ伝わるとした理解がようやく芽生えているが、今でいう感染症という概念ではなかった。そして、いったん結核に侵されると治ることは難しいとされ、その対応はもっぱら静養にあり、福祉という概念からサナトリウム等に隔離させることであった。イギリスやドイツでは、一八五〇年代からサナトリウムが盛んに建てられている。ここに暮らす人たちを題材にした多くの書物の中で、トーマス・マンは「魔の山」という小説に、積極的な治療もなされないまま深い山奥のサナトリウムでおびただしく長い退屈の日々を過ごす結核患者の心情を詳細に描写している。一方、日本では、明治二〇年（一八八七）に、鎌倉由比ヶ浜に建てられた結核療養所「海浜院」が初めての隔離施設とされている。

このように一九世紀の後半までは、ほとんどの病的な状況は治癒が困難である、すなわち障害とみなされて、治りうる疾病といえる状況はきわめて稀であった。まして、出生時から異常を伴う先天異常の子どもたちは、治療の術もないまま、血（家系）を汚すものとして葬られていたのである。

## 一九〇〇年から一九九〇年までの医学からみた障害と疾病

こういった福祉の色合いの濃い状況を一変させたのが細菌学であった。その開祖の一人であるロベルト・コッホによって結核菌が発見されたのが明治一四年（一八八二）であるが、これを境に、結核に対する観念が大きく転回したのである。つまりそうならば治るかもしれないという期待が一気に膨らんだからだ。結核菌の発見は多くの細菌学者に勢いをつけ、かつて疫病や祟りととらえられていた状況が、実は外敵（細菌やウイルスなど）の侵入によって引き起こされる感染症であることが次々に明らかにされたのだ。ここからまさに近代医学の扉が開かれたのである。

そして、二〇世紀に入ると、アレクサンダー・フレミングによるペニシリンの発見が昭和三年（一九二八）になされたのをきっかけに、感染症の治療薬としての抗生物質が次々に開発された。その効果はまさに劇的であり、それまで不治の病とされた結核をはじめとした多くの感染症を根治の可能の状況になさしめたのである。それと相まって手術法の開発や麻酔学の発展から外科治療の可能性が限りなく拡げられた。さらに、コンピュータ断層撮影法（CT）、磁気共鳴画像（MRI）、内視鏡といった診断治療機器の開発は医学の幅を大きく広げたのである。

これらの近代西洋医学の急速な発展は、感染症などの回復できる状況、すなわち疾病の輪郭を確立させ、同時に切断肢などの現時点では回復が非常に難しい状況、すなわち障害との区別を明確にしたのである。

そこから疾病と障害という異なった状況へ異なった対応がなされるようになった。すなわち、日本においても、疾病に関しては治療という観点から薬物療法や手術法が飛躍的に発展し、併せて、昭和三六年（一九六一）に健康保険制度が設立されて、国民が等しく医療を受けられる体制が整った。一方、回復が困難な状況、すなわち障害のある人達に対しては、福祉という観点からいろいろの生活援助を行なう動きが芽生えた。それらには、身体障害者福祉法（昭和二四年＝一九四九）や精神薄弱者福祉法（昭和三五年＝一九六〇）などの生活扶助制度を皮切りに、国鉄傷痍者団体連合会などの患者と親の会の結成、さらに、障害者雇用促進法（昭和三五年＝一九六〇）などの働く権利の確保などを挙げることができる。

## 一九九〇年以降の医学の進歩からみた障害と疾病

しかし、現代先進医学の急速な進歩、なかでも分子生物学の発展は、疾病と障害に関する思考を再び混乱させることになった。昭和四五年（一九七〇）ごろの教科書には原因不明と記載されていた先天異常の多くが、実は、遺伝子変異に基づいていることが明らかにされたのである。昭和五八年（一九八三）に、筋肉の先天異常疾患である筋ジストロフィーの原因遺伝子が発見されたのをきっかけに、種々の先天異常の関連遺伝子が相次いで発見されている。とくに平成年代に入ってからの活動はおびただしく加速されており、腸管の疾患であり、かなり高い発生頻度であるヒルシュスプルング病では、平成五年（一九九三）に初めての原因遺伝子が発見されたのを皮切りに、すでに七個以上の遺伝子変異が見つかっているといった具合なのである。

結核菌の発見のあと約四五年で治療薬としてのペニシリンが開発された医学の歴史からみても明らかのように、人間の叡智はやがて遺伝子変異に対する根本的な対策を考え出すであろう。それに加えて、移植治療、再生医学、クローン技術などの現代先進医学の急速な発展は、一九九〇年以前には根治が困難であった状況を、回復できる、すなわち障害から疾病に呼び込む可能性を広げていくであろう。これらはまさに医学の進歩のなせることであり、障害から蘇る時代の到来はすぐ近くまで来ていると考えられる。

それはそれで大変喜ばしいことであるが、一方で障害と疾病という観点から新たに考えねばならないいくつかの課題が浮上している。その一つは、現時点では何の障害もなく正常に生活できていても、やがてある年齢層になると、回復の困難な状況を引き起こす遺伝子変異を有する人たちをどのように捉えたらよいのかであり、また、根治は望めないものの、医療行為を継続しながら通常に生活する人たちもまたどのように捉えるかといったことである。

《がん遺伝子の保有をどう考えるか》

人間の遺伝子は約二万五〇〇〇個を数え、それらは約六〇億個の塩基から構成されているが、その中のわずかな変異が、あるがんをもたらすことが突き止められている。現時点で発がんはしていないものの、ある年齢に達するとがんを発症する遺伝子変異があるというのだ。つまり、現在は正常の生活ができていても、ある遺伝子変異を保有し、しかもそれを治す医療が未開である限り、それは障害と言えるのではないか。その人がその事実を知ってから、発がんに怯えつつ生活する状況には、何らかの福祉的な支援が必要であろうことを加味すると、充分に障害の範疇で理解できることではなかろうか。こういった事例は遺伝子解析が進むにつれて急増していくと予想され、また、これが受精卵の時点ですでに明らかにできる時代も遠くないことを考えると、この状況をどのように理解し、対応すればよいのかについて早急に整理してゆかねばならないと考える。

**《医療と福祉の連続をどうとらえるか》**

多くが小児期に急性疾患としての医療を受け、慢性期に入ってなお医療が必要な場合をどう考えたらよいのか、すなわち、医療が必要な状況を有し、それを根治できないまま、人工呼吸器、人工透析、経静脈栄養といった治療を長期に受けながら生活する人たちのことである。身体障害者福祉法の内臓疾患の項にある慢性肺疾患、慢性腎疾患、短小腸などの人たちがこれに該当する。彼らには労働が困難で福祉的な支援の必要な人たちが多い。これらの事象は疾病と障害の連続として捉えられるが、どこをもって区別できることにはなりえない。

このような事例から明らかのように、二〇世紀には一旦は容易になった疾病と障害の区別が、今世紀に入って違った方向から再び混沌としてきたのである。そして、その混迷はさらに深まっていくと思われる。

## 垣根のない社会

ここまで医療と福祉を視点にして疾病と障害の展開を探ってきた。そこから、疾病と障害の関係が医学の進歩に沿うように変化し、ある時代には障害であったものが次には疾病になっていくことや、逆に、今は正常の生活ができていても、実は障害を抱えている人たちがいることを知った。そして、両者は二〇世紀の一時期を除いて明確に区別できないことも理解できた。とくに近年の激しい医学の展開から考えると、障害とか障害のある人たちをある範疇に属化して普遍的に位置づけようとすること自体に無理があるように思われる。

しかし、現実には、障害という概念がすでに行政のみならず人の気持ちの中にも定着している。そして、障害があるとかないとかをその時々の裁量で決め付けて、行政は施策の枠組みをなし、人は垣根を作って対応している。つまり本来時とともに大きく変化し、恒久的な定義で表せない概念が、おかれた時代や個人の裁量でその場に合わせて都合よく用いられているのである。

やがて障害の多くが科学的に解明され、根治が可能の、つまり疾病としてとらえられる時代が来るという認識を持って考えると、意識的にも社会的にも不明確な定義の上に立つ障害という垣根の内外で彼らと接するのではなく、現時点で認められる不具合を彼らの特徴

(Personality) の一つととらえて共に生きる社会を目指す方が自然であるように思うのである。

# 狭間を生きた人

## 生まれたころの世相

Sさんは、昭和二四年（一九四九）に愛知県の北部で一山超えれば長野県になる山間の小部落で生まれた。時はまだ太平洋戦争の名残が色濃く残されており、医学的には抗生物質なるものが発見され（一九二九年）、不治の病とされてきた結核などの感染症の治療に曙光が認められ始めたころである。

Sさんは村の産婆さんによって取り上げられた。お産の過程ではなにも気付かれず、元気な産声を上げるSさんの誕生を皆で喜び合ったという。しかし、産湯を使う時になってはじめて赤ちゃんに肛門のないことが見つかったのだ。だから、当時の産婆の隠れた仕事として、先天異常のある赤子が出てきた時には、産声を上げる前に口に手を当てることがあったにもかかわらず、それができなかったのである。

乳をせがんで泣き叫ぶわが子を前に困り果てた両親は、村でただ一人の老医に相談を持ちかけた。治療を望むのではなく、上手に処分して欲しかったからだ。老医は、産婆の不手際をなじりながら、それでも自ら手を下すことはせず、焼き火箸で肛門部に穴を開けて胎便を排泄させる医療行為を行ったという。そして、「とりあえずこれで便は出る。だけど、この穴はじきに閉じてしまうと思うよ、その時は諦めてくれ」と言われたという。

粘調の胎便さえ出てしまえば、その後から出る赤ちゃんの便はビシャビシャなので、老医の造った穴からの排便でなんとか持ちこたえていたが、案の定、約一ヶ月でその穴は閉じてしまったという。ところが、お母さんがおしめを代えようとした時に、赤ちゃんの小さな陰裂から泥状の便が染み出てくることに気が付いた。そこでもう一度老医に相談してみると、彼はいきなり細いゴム製の管を陰裂から通したという。するとそこから勢いよくガスと便汁が出てきたのだ。老医はそれを見て、「この子の異常は肛門を欠いていることだが、直腸の先が膣につながっていると思われる。この管をあげるから、私がやったように毎日それを陰裂から通して排便させてやりなさい」と言ったという。素晴らしい診断力と対応であったのである。そこで、両親が先生に「その異常を直すことはできないのでしょうか」とたたみかけるようにすがってみると、老医は言下に、「そんな医学はないよ、これ以上のことは諦めるしかないのだ」と諭されたという。

当時の村人は、閉ざされた環境で村長を頭につつましく生活していた。そして、体調を崩した時には、一人だけの老医を頼りにした。だから医者は村長に次いで大切な人であり、その人の言うことを何の疑いもなく心から信じて従ったのだ。その人が、「この異常を直す医療はない。せめてこの管を使えば排便できるのだからそれでよいと思ってくれ」といえば、それをそのまま信じ、それが親の務めであると何の根拠もなく受け入れたのである。

## この世の見納め

それからの両親は、村人に知られないように夜になってから管を通して排便させ、危ういながらも辛うじて娘の命を繋いできた。そして学校を終えた後も娘の異常を隠すように家に留まらせてどこにも行かせなかった。Sさんはこの信仰に近い両親の覚悟に守られてなんと二八年間を生きてきたのである。しかし、その間が必ずしも順調であったわけではなく、食事内容に合わせるように便の性状が変化すると、管からの排便が滞るようになっていった。時には幾日も便が出ず、その挙句、激しい下痢を起こしたことも幾度かあったようだ。それに加えて娘になると生理も始まった。それからは小さな陰裂からの尿と便、それに生理の処理までを親に委ねるわけにもいかなくなり、いつの時からか自分で全てを行うようになったという。

大腸下部で直腸につながるところにS状結腸という部分があるが、ここは便のリザーバーとしての機能を備えている。管を通して出し切れない便の残りが、ここに少しずつ溜まっていったことは容易に想像できる。それは、数日という短期間に溜まるということではなく、おびただしく長い年数を通して、余った便が古い便に上塗りするように貼りついていき、いつしか大きな便塊になっていったと思われる。ついにはそれを腹壁から触知できる程になっていったという。

両親は娘の体形の変化が何から来ているのかを想像でき、それが戻らない現実を前に、娘の先がそれほど長くないことを本能的に感じたのだろう。ある夜、両親は娘を前に、治しようのない体を与えた親の不手際を心から詫び、これからはおまえの望むように生きてほしいと告げた。Sさんも自分の定めを悟っていたようで、自分の体を何とかしたいといった積極的な姿勢からではなく、せめてこの世の見納めにこの村から出てみたいと言った。

## 障害から疾病へ誘導

Sさんは自分の障害を秘めたまま、ある伝手を頼って名古屋へ奉公に出た。二九歳になっていた。お手伝いさんとして雇い入れたご夫婦は、じきに彼女の腹が異常に大きいことに気が付いた。女医であった奥さんは、はじめは妊娠しているなと感じ、辞めてもらおうと思ったという。そして、そのことを伝えてみると、Sさんは妊娠ではないと訴え、涙ながらに全てを打ち明けたという。産婦人科医の奥さんは彼女を初めて診察してその原因の全てを知ることになった。

先天異常の赤ちゃんの医療を通して奥さんと親しかった私は、電話での相談を受けたのだが、昭和五三年（一九七八）にもなって、まだそんな人が世に残されているのかと信じられなかった。そして、なにはともあれ、その人を是非とも治療させてほしいとお願いした。

Sさんは奥さんに付き添われて、二九歳三ヶ月で私の病院を初診した。確かに妊娠を思わせるような大きなお腹をしており、腹部に巨大な腫瘤を触知した。にもかかわらず、身長は一五二cmあり、体重、五一kgと平均的な体躯をされていた。さっそく診察に入ると、肛門を欠き、小さな陰裂にはおそらく尿道と膣が一体になった一孔のみが存在した。ここから泥状の便汁のしみ出ているのを認めた私は、彼女の異常は高位鎖肛の直腸総排泄腔瘻であると診断できた。つまり、尿道と膣と直腸が一つの腔に開口し、そこから全てが一緒に排出される先天異常である。

私は彼女に、「この異常は私にとってそれほど珍しいことではない。今ではきちんと治療することができるのだよ」と言い聞かせた。そして、「ただ、もう二十九年も経っているので、何回にも分けて手術をしなければならないけどね」と付け加えた。それを聞いたSさんは、一瞬、驚きと喜びの混じったような怪訝な顔をしたが、すぐに「両親と相談してみます」と曇った言葉を返してきた。

それから数日が経ったある日、今度はＳさんがお父さんを連れてやってきた。私の説明を一通り聞いたお父さんは、「この子が生まれた時に世話になった村の先生の言われたことを今も信じている。あなたがいくら説明してくれても簡単に自分の考えを変えることはできません。私はそのためにこの子を外に出したのではありません」と確固とした言葉を返された。それから何度も何度も同じことの繰り返しを話しながら、今は時代が変わっているのだということを分からせようとしたが、お父さんは最後まで私の話を聞き入れようとされず、私に目を繰る娘を引き連れるようにして帰って行った。

それから一ヶ月程が経った時に、今度はＳさんが突然ひとりで訪ねてきた。そして、彼女は、硬い表情ながらも毅然とした態度で手術を承諾されたのである。私はお父さんの意見について問いただすことはしなかった。

二九歳五ヶ月で彼女は初めの手術としての開腹術を受け、巨大化したＳ状結腸を切り取ってその上流に人工肛門が造設されたのである。生来続いてきた苦痛から解放された彼女は麻酔から覚めた時に、「お腹がへこんで軽くなった」とほほ笑んだ。

Ｓさんは私の医療を信じて下さり、一年が経った三〇歳で直腸と総排泄腔との連絡を絶って肛門を造る手術をうけた。そして、三一歳で人工肛門が閉鎖され、新しい肛門から初めての便の排出を見たのである。すっかり自信を取り戻されたSさんは明るい笑顔を振り向けながら退院していった。

しばらくしてお父さんが訪ねてくれた。そして、よみがえった娘の姿にようやく得心されたのか、今は先生を信じていると頭を下げられた。一方、女性として生きる意欲をもったSさんは、三二歳で膣形成術を希望され、私がそれを行った。そして、産婦人科医の奥さんに新しい膣の機能が保証されると、今度は私に結婚したいと訴えたのである。私は、その言葉を聞きながら、Sさんを治す術のなかった、いわば障害から、治しえる疾病に呼び込んだ喜びを秘かに噛みしめていたのである。

三七歳で良縁に恵まれたSさんは、今は主婦として生活している。

## 幸《さち》

これは生まれつきの障害がありながら、それに臆することなく立派に生きた一人の女性の記録である。

### 亮ちゃんの病気と新生児期

お腹の大きい赤ちゃんが生まれたということで一人の女の子が多治見市内の病院から私たちの新生児センターへ入院してきた。これが亮ちゃんとの出会いであり、それは昭和五五年（一九八〇）のことである。

お腹が大きかったのは膀胱に尿をため込んでいたためで、管を通して排尿させることで簡単に解決できた。しかし本当の病気はそれ以外のところに潜んでおり、やがてミルクがおさまりにくく、飲ませても嘔吐するなどの症状になって現れた。そしていろいろな検査を繰り返していくうちに、亮ちゃんの病気は非常に稀な慢性特発性偽性腸閉塞症である疑いがでてきた。私にとっては初めての経験であった。

この病気は医師の仲間内でも限られた分野のものにしか理解されていない難病で、巨大膀胱や腸の運動障害に特徴があるとされている。そして、これだけ進んだ医学をもってしても、原因が解明されておらず、したがって、病態の根本的な治療法も確立していない。つまり、薬とか手術によって動かない腸を動くようにすることは難しく、そのために食べ物からカロリーを満たすことが困難で、生命維持には静脈注射による栄養補給が欠かせなくなるとされる。

試行錯誤を繰り返しながらようやく一ヶ月が経った頃、亮ちゃんの姓が変わった。お母さんの姉にもらわれていったのである。養子縁組の約束は亮ちゃんが生まれる前からなされており、不治の病だからといって両家になんのためらいもなかったという。幸いなことに亮ちゃんの病状はそのあと一旦好転し、危ういながらもミルクのみで生活できるようになった。私はこの機会を逃すまいと生後一ヶ月ちょっとで退院させた。

それからやがて病状が悪化して再び入院してくるまでのわずか二ヶ月間であったが、亮ちゃんは家庭での生活を送ることができ、母はこのとき初めて、子を抱き、ミルクを与え、おむつを換え、風呂に入れ、そして添え寝をするという母親としての喜びをあじわうことができた。この短い間に培われた母子の絆が、その後に待っていた病状の悪化と長い入院という試練を乗り越えさせたのである。

## 五年におよぶ長期入院

生後四ヶ月になった頃から、それまでなんとか維持していた排便が止まり、腹が大きく張り嘔吐をするようになって来院した。私は、やせ細った亮ちゃんを診たとき、家庭での管理の限界と判断して入院させた。

亮ちゃんの便秘は通常の浣腸ぐらいではとうてい間に合わない頑固なもので、それを解決させるためには、肛門から特殊なチューブを大腸全体に誘導し、それを介して繰り返し洗浄するという特殊な手段が必要であった。この方法（チュービングと称していた）がやがて亮ちゃんの排便管理の基本手段になっていくのである。

腸管の運動障害の場所が大腸に限られている時は、口から入った食べ物が消化されて大腸にまで届くので、それをチュービングによって排泄すればよかった。しかし現実はそれほど簡単ではなく、運動障害の場所が小腸にまでおよび、極端なときには胃も動かなくなった。そうなってしまうと口からものが収まらないので、水分や栄養源の補給は静脈注射に頼らざるを得なかった。

このように亮ちゃんの病状が大きな周期で変化したことと、それらに対する管理方法がなかなか定まらなかったために入院期間がどんどん延びていった。そしてついに、這い這いを覚えたのも、歩き始めたのも病院であり、言葉を覚えたのもまた病院というほどに延ばされていったのである。

いつしか三歳の誕生日を病院で迎えた。初めのうちはこまめになされていた母の面会は、入院が長引くにつれて少しずつ遠ざかり、しびれを切らしたように仕事を持つようになってからは、休みなどの決められたときに判で押したようにほんの数時間を接するだけになっていった。乳児期のわずか二ヶ月間を家庭で過ごした時に培われたか細い絆を頼りに母としての情愛を維持したいと思っていても、週に数時間の接触ではそれは難しく、気持ちが離れそうになっていくのも無理からぬことであった。一方、亮ちゃんは、両親に連れられて入院してくる子どもたちを見て、父や母の存在を認識でき、自分にとってはたまに訪ねてくる人が父や母だと理解できた。しかし、亮ちゃんが日々、痛みや悲しみを訴える人は不特定の看護婦であり、母が見舞いに来ている時でさえそうであった。つまり亮ちゃんには母を母という人と理解できても、肉親の持つかけがえのない味方としての感情が育ってこなかったのである。

理由は定かでなかったが、三歳九ヶ月に急性虫垂炎の手術をうけてから亮ちゃんの病状に大きな変化が現れた。それまで胃や小腸にまでおよんでいた運動障害が大腸に限られ、それに伴って口からものを受け付けるようになったのである。そのうえ浣腸のみで排便できるようになり、チュービングをする必要もなくなった。ちょうどその（一九八四年）頃、成分栄養剤といって、あらゆる栄養源が分解された形で調合されている商品が開発された。これを用いると残渣がほとんどなく、便量が極端に少なくなるので、亮ちゃんにとって格好の食材と思われた。私はこの機会をとらえて、成分栄養剤を持たせた外泊を繰り返しながら家庭で管理する体制を築いていった。それとともに母の意欲も日毎に高まっていき、亮ちゃんも次の外泊を楽しみに待つようになって、ようやく本来の母と子の関係が再構築されていったのである。そして、自宅での体制が整ったところで二回目の退院に漕ぎつけた。その時はすでに五歳になっていた。

## 家庭での懸命な努力と在宅静脈栄養法

小学校にあがる前に家庭で生活させるという目標は達成できたが、病状は決して安定していたわけではなく、排便が止まったり、食べられなくなったりして幾度も緊急に戻ってきた。ときには入院が必要と思われたが、一旦家庭の味を知ってからは、母子ともにそれを極端に嫌がった。「入院したくない、させたくない」という思いから母と子がなした努力は並大抵なものでなかったという。食事管理はいうにおよばず、浣腸を行う前に毎日三〇分くらいかけて腹をもみ、時には逆立をしてガスを移動させたという。

こうして一年を過ごし、危ういながらもなんとか入学に漕ぎ着けた。幼稚園生活のない亮ちゃんにとっては初めての社会生活になった。がしかし、通学のストレスは予想外に大きく、それが体調に少なからず影響していった。そして一学期、二学期と進むにつれて病状は少しずつ悪化していき、母と子の懸命の努力にもかかわらずこの間に六回の入院が必要になり、三学期には成分栄養剤ですら入りづらくなっていた。つまり、大腸に限られていたそれまでの病状が、小腸や胃も動かなくなる方向へ進んで行ったのである。

亮ちゃんは、六年有余の闘病生活を通して、自分の病状についてほぼ完璧に理解できるようになっていた。この症状のときはどこが悪いか、あの時はどうかとこちらが教えられるほどであり、同時に治療内容についても的確に示すことができた。だから、栄養補給のために中心静脈栄養法（心臓に近いところまでカテーテルを挿入して栄養素を直接注入する方法、TPNと称される）を行うようになればまた長い入院が必要であり、通学はおろか家庭での生活もままならなくなることも知っていた。そこがわかっていただけに母と子でぎりぎりまで粘っていたのだ。

ある日のこと、私は母親を交えて亮ちゃんとじっくりと話し合った。亮ちゃんはTPNを受けることは仕方ないが長期に入院することはどうしても嫌だと訴えた。その気持ちを痛いほどにわかっていた私は、ちょうどそのころ小児医療にも導入されてきたTPNを家庭で行う方法（在宅静脈栄養法、HPNと称される）を紹介してみた。すると母と子は私の話が終わるのを待ちかねるように、それをぜひ受けたいと目を輝かせたのである。HPNは私にとって初めての経験であり、院内の体制づくりから始めねばならなかった。一方、亮ちゃん親子にはそのための手技を教え込む作業を続けたが、本人たちは意外に速くＨＰＮの全てを理解し、わずか二ヶ月の入院でもう大丈夫といって退院していった。そしてこちらがはらはらして見守る中で、ことなくＨＰＮに慣れていき、それが亮ちゃんの生涯の管理体制になったのである。彼女が小学校二年の時である。

## 花の高校生と上京

病状に振り回されることなく一定の栄養素をＨＰＮによって確実に与えることができるようになってから、亮ちゃんの生活はすっかり安定した。つまり、昼間は友人を伴って学校へ通い、給食を除いて友人と同じ時間割をこなし、夕方から夜中を通してＨＰＮのための点滴を自宅で受けるという生活を淡々とこなしていったのである。ときには腹が張り苦しくなることもあったが、そんなときでも自分で鼻から管を胃に通して内容を吸引するという医療行為もできるようになっていた。こうして、中心静脈カテーテルの入れ替えなどで極たまに一から二週間程度入院する以外は、月一回の外来通院のみになり、病院との距離も次第に遠のいていった。そして友人とのつきあいも対等にできるようになり、普通の子としての成長を続けたのである。

やがて小中学校を卒業し、地元の高等学校の普通科に入学した。入学式のあと、今はやりのルーズソックスをはいて病院を訪れたときの笑顔を忘れることができない。自我に目覚めたときから長い年月を経て自らの運命を自覚できていたにもかかわらず、多感の少女期に達しても苦しみを漏らすこともなく、明るく振る舞う姿はむしろ哀れですらあった。

高等学校の生活もこともなげにこなしていったが、二年生になると将来のことをさかんに口にするようになり、時に不安気な表情を見せるようになった。そんな時、私の病院で高校三年生を対象にした看護婦の一日体験実習が行われ、亮ちゃんがそれに参加してきた。しかも自分が入院する病棟を希望し、日頃世話になる看護婦とともに立場を変えて看護する体験を積むことができたのだ。それ以前から将来は看護婦になって自分が世話になっている病院で働き、他の子どもたちに役立ちたいという少女らしい夢を温めていたようであるが、この体験が亮ちゃんの決心を揺るぎないものにしていった。

親はＨＰＮを行いながら女性にとっては重労働といえる看護の道をやり通すことができるのかと心配し、私も難しかろうと思わざるを得なかった。そのことを諭してみても亮ちゃんは頑として受け付けず、看護婦になるのだの一点張りであった。しかし、やがて、亮ちゃんのような高度の医療行為を続けながら看護学を学ぶ環境がこの地方に整っていないことを知り、泣く泣く看護婦への道を断念せざるをえなかったのである。

ところが亮ちゃんはそんなことでへこたれなかった。看護の道が難しいのなら、他の職種によってでも自分の夢を叶えたいと考え、いつの間にか医療行為を受けながら検査技師や医療事務員を養成する専門学校が東京にあることを調べあげてきた。そこは都立の専門学校で、近くの小児病院と連携しながら運営されており、緊急の医療体制も整備されている魅力的な学校であった。私はその病院の外科スタッフと親しく、医療をお願いするのに間違いない病院であることはわかっていたので、この話は途方もないこととは思えなかった。そして、亮ちゃんの将来がどのようになるのかは予想もつかないが、この子の今ある夢を実現させるためにはこの環境を除いて他になかろうと思われたのである。亮ちゃんは、おろおろするばかりの両親を強固な意志で説得し、検査技師の道を求めて上京する決意を固めたのである。彼女が一七歳の時である。

## 新しい環境と突然の死

こうして亮ちゃんは家を後にし、東京での一人の生活に入った。ＨＰＮの注射の準備から取り付け、終了後の後かたづけに至るまでの全てを一人でこなし、そのうえに検査技師としての新しい勉強も続けていったのである。

一ヶ月ほどが経ったときに一度だけ弱気になって帰ってきた。亮ちゃんの言葉の訛りを友人に注意されたのが悔しかったようであるが、家や病院で気持ちを取り直してすぐに帰っていった。そして東京での生活に慣れてからは、取り巻きの心配をよそにHPNも勉学も順調で、向こうの病院にお世話になることもあまりなかったという。そして夏休みに帰郷した時には元気に病院を訪ねてきて、東京での生活ぶりを本当に楽しそうに話してくれた。私はそんな亮ちゃんをみて、春に下した決断が間違っていなかったと安心もし、同時に亮ちゃんのすばらしい勇気と気力に頭が下がる思いであった。

次に亮ちゃんが私に連絡をとってきたのは一一月に入ってからで、体調が思わしくなくてこちらの病院にいるのだが、そちらへ移りたいという。私はよほどのことと思いすぐに帰ってきなさいと告げた。亮ちゃんは疲れ果てて帰ってきた。聞くところによると、向こうの先生の指導で、相当量のスポーツドリンクを飲用していたらしく、腎臓の働きがすっかり侵されていた。約一ヶ月の入院で順調に回復したが、このとき亮ちゃんは病院のスタッフに、「この病院にいると本当に心が落ち着き安心できるのだ」としみじみ話したという。合計二六回の入院をし、通算一〇年以上を過ごした病院であればそう思うのも当たり前かもしれないが、医療の基本がスタッフと患者の心のつながりにあることをいみじくも表現していると感じ入ったものである。

それからはなんの音沙汰もなかった。春休みに病院に遊びに来たが、至極元気そうであり、後一年で卒業でき、そしたらここで働くと言って帰っていった。

そして東京での生活も二年目に入った五月のおわり、私は向こうの病院の主治医から亮ちゃんが突然亡くなったことを電話で知らされた。五月に入ってから発熱が続き入院していたが、先ほどベッドで亡くなっているのが発見されたという。私は一瞬何が起こったのかわからなかったが、世話になった病院だから怒ってはいけないとそればかりが気になり、病状や処置法を詳しく確かめることもなく受話器を置いていた。それから時間が経つにつれて、病院に対しても亮ちゃんに対しても、「なぜなの」といろいろな疑問が湧いてきた。高熱が二週間も続くのになぜ解決できなかったのかと、向こうの病院の対応をとがめる気持ちにもなった。そして亮ちゃんに対してはそんなに熱が続くのになぜ帰ってこなかったの、帰れないのならなぜ電話をしてこなかったのと、そういう場合の対応を的確に判断できるはずの亮ちゃんが私の考えと異なった行動をとったことをどうしても理解できなかったのである。

## 知らなかった亮ちゃんの青春

亮ちゃんが亡くなって二ヶ月が過ぎたころ、突然お母さんが訪ねてきた。これから後はお母さんから聞いた話である。

亡くなった深夜、車で病院に駆けつけると、変わり果てた亮ちゃんの傍らにスタッフに混じって一人の知らない男性がつきっきりで泣いているのに気がついた。早くつれて帰りたい一心で病院からの解剖の要請もお断りして帰ろうとすると、その男性が自分も連れていってほしいと懇願したという。そして、涙ながらに自己紹介したあと、亮ちゃんとお付き合いをしていたことを明らかにし、自分も葬儀に出席させてほしいと訴えたという。

ご両親は亮ちゃんからなにひとつ聞いていなかったので初めはびっくりしたが、その男性の振る舞いから信じられる話だと理解できた。それで同じ車に乗せて一緒に帰って来たが、道中その男性は亮ちゃんの手を握り「なぜこんなになったの」と問い続け、傍目もはばからず泣き通したという。そして、とぎれとぎれに自分は腎臓に障害があり、亮ちゃんと同じ専門学校の一年先輩であること、亮ちゃんとは約一年前から交際が始まったことなどを明らかにしたという。そして亮ちゃんの家に着いてからも片時も離れず、葬儀を見届けて帰っていったという。

それから時が経ち、お母さんは亮ちゃんの遺品を少しずつ整理してみて、その男性の言っていたことが事実と異なっていないことを確認できたという。幾枚かの写真にその男性といる亮ちゃんは幸せにあふれる一人の女性そのものであったからである。

そんなこととはつゆも知らないお母さんは、発熱が続く亮ちゃんに何度も電話をして、帰ってくるように諭したという。それでも亮ちゃんは「帰らない」の一点張りであったので、いつもと違うなあ、おかしいなあと思っていたと話してくれた。そして、それほどその人の傍にいたいのなら、どうしてそのことを話してくれなかったのか、家につれてくれば許してあげたのにと、亮ちゃんが言い出せなかった恥じらいをわかっていながら母のもどかしさを口にされた。

その時にだけお母さんの顔に成長した娘を誇る母の喜びがちらっと横切ったが、すぐに幸せを求めて離れていく娘への遠慮と寂しさが深い悲しみに混じって滲んできた。

# アルフィー君

昭和五七年（一九八二）の夏であったと記憶している。その日は夕方診療の代診である先輩の診療所にお邪魔していた。大人ばかりの外来患者をさばいていると、その中に六ヶ月くらいの赤ちゃんが紛れ込んできた。お母さんは私にうかがうような眼差しを向けながら、「この子はすごい便秘なのです。何か良い方法はありませんか」と言われた。これがアルフィー君との出会いであった。

よく太ってはいたがお腹が大きく張れたアルフィー君をベッドに寝かせて診察に入ると、傍らに背が高くすらっとした白人のお父さんが立って、私の診察を食い入るように見定めてきた。私は、肛門部の視診と触診を行うことで、彼の便秘の原因を簡単に突き止めることができた。彼の肛門が小さく弾力性に欠けており、私どもの分野では鎖肛《さこう》といわれる一種の先天異常であったからである。私が数分の診察で診断したことに驚かれたのか、ご両親は、にわかには信じられないという表情を浮かべられたが、やがてひょっとして子どもの便秘が治るかもしれないと思われたのか、それまでの固い表情を崩されていった。私はご両親に、この子の病気は肛門が形成されるときのしくじりが原因なので、薬や浣腸などで治癒することは期待できず、手術をして肛門を広げてやる以外に手段がないことを伝えた。そして、できるだけ早く私の病院を受診してくださいと結んだ。

それから二週間ほどが過ぎ、あの患者さんはどうなったのかなあと思い始めたころにようやくご両親がアルフィー君を連れて私の外来を訪ねてくれた。どうやらご両親に、名古屋市内から辺鄙な春日井市の病院へ下ることに不安があり、それに私の病院が一般病院ではなく障害児者を対象にした特殊病院であることに若干の抵抗を持たれたのか、そのあたりを友人やお母さんの出身地である東京の伝手を通して確認されていたようだ。私はご両親の不安を払拭するためには結果を早く出すことだと考え、その日の内に入院していただき、簡単な検査を済ませただけで、数日後に手術を行った。アルフィー君の肛門は狭いうえに前方へ偏位していたが、首尾よくそれらを修正し、正常の大きさの肛門を形成することができた。術後の経過は順調で、彼は短期間のうちに頑固な便秘から解放されて退院していった。

## アルフィー君のご両親

外来で追跡を繰り返す中で私はご両親とも深くかかわることになった。

アルフィー君のお父さんは英国人であった。もの静かな人で、診察には決まってついてこられたが、いつもお母さんを前面にたてられ、自分は後ろでじっと見守っているような人だった。そして、診察の終わりには決まって私に目を向けられ、そっと会釈をして出て行かれた。アルフィー君の経過が良かったこともあってご両親は私に心を開かれ、やがて私的な会話もできる関係になった。お父さんがロンドンの近郊で育ったことやお母さんとの出会いについても話してくれた。

その頃の私が小児外科医としての業績を国際的な視野で報告したいと思い始めていたこともあって、お父さんに、英会話のみでなく、国際会議での報告や外国雑誌への投稿論文の校閲をしていただけないかと相談してみると、彼は近かじか英語の個人教室を立ち上げるからそこへ来ないかと誘ってくれた。それが縁になって、それから約一五年間を私は彼の英語教室(Imaike English Lounge)に週一回のペースで通ったのである。そのおかげで私は国際会議に出席でき、少ないながらもそれなりの英文論文も認めることができたのである。

アルフィー君のお母さんは名古屋市を中心に活動されるフラメンコダンサーである。彼女は東京のご出身で大学を卒業された後フラメンコの勉強のためにスペインに留学された。その頃にご主人と知り合われたようだ。アルフィー君が生まれる少し前に名古屋に来られ、舞踊団を主宰されながら年に一回の創作フラメンコの発表に情熱を傾けられる。彼女は夫を心から慕い、彼は彼女のよき理解者として発表会の企画や運営に携わってきた。そしてこの地方で最も格式のある愛知県芸術劇場大ホールを使うところまでに登りつめている。

## アルフィー君の運命

　アルフィー君は外来追跡でも心身ともに問題なく成長していき、ご両親もそれぞれの道で順調な歩みを続けていた。そして、アルフィー君が三歳くらいの昭和六〇年（一九八五）の冬であったと記憶している。風邪を引いたアルフィー君が思わしくないと感じられたご両親は、彼をある総合病院へ連れて行った。その日の小児科医は大学病院から応援に来ていたアルバイターであった。その先生は忙殺する外来診察にかまけてアルフィー君の病状を「たいしたことはない」と診断し、ろくな検査もしないまま帰してしまったのだ。はたして、アルフィー君の熱は一向に下がらず、ついにヒキツケ（痙攣）を起こしてしまった。驚いたご両親が他の総合病院を訪ねたところ、「脳膜炎を併発しており生命も危うい」と診断されたのである。そして、初期治療の遅れたことがまずかったとたしなめられた。

　それからのアルフィー君は数日間を生死の境にあり続けたが、医療団の懸命の努力によって危うく一命を取り留めることができた。しかし、残念なことに神経系に重大な後遺症を残したのだ。ご両親には、はじめの総合病院でのずさんな診療さえなければという怨念に近い思いが残された。そして、ことあるごとに、「大学病院の先生でありながら、なんという誤診をしでかしたのだ、しかも診療態度が尊大で医師として最低だ」と無念の心情をあらわにされ、日ごろ穏やかなお父さんでさえ、その話になると怒りに燃える眼差しになった。

ご両親はアルフィー君に懸命なリハビリテーションを施した。しかし、年齢を重ねるにつれて彼の精神発達に遅れが目立ち始め、併せて自閉傾向も伴うようになっていった。そのために教育は地域の特別支援学校で受けることになった。

そういった思いもしなかった境遇の変化にもかかわらず、ご両親はその後もそれまでの生活態度を崩されることなく続けられ、とくにお母さんは悲しみを打ち払うかのようにダンスに集中され、舞台も年に二回の公演を行うほどの輝きになっていったのである。

**お父さんの死**

アルフィー君を私の外来に連れてくることは自然と遠ざかっていき、私はお父さんの授業を通して彼の状況を知ることになった。その頃のお父さんは英語教室の運営も安定しており、見かけではお元気そうであったが、時に肝機能障害の不安を口にされた。詳しくは触れたがれなかったが、どうやら肝硬変になりかけているご様子であった。私は、彼が県下の大病院で管理されていることを知って、とりあえず安心していた。

　こうして約十五年が過ぎた平成一三年（二〇〇一）の冬の朝はやく、お母さんから突然のお電話をいただき、お父さんの死を知らされた。昨夜は、東京に進学していたアルフィー君のお兄さんが帰名され、久しぶりの一夜を家族で乾杯して過ごしたが、お父さんは体調が悪かったのか、好きなお酒もあまり進まず、先に床に就いたという。そして、お母さんが休まれる時に血の海になったベッドに横たわるお父さんを発見されたという。その時はすでに冷たく、なす術もなく亡くなったと知らされた。

　私は、同じように先生にお世話になっていた娘を連れて、すぐにご自宅へ駆けつけたが、すでに蝶ネクタイをつけて寝化粧をされたお父さんがベッドに寝かされていた。その周りをおそらく事情を理解できていないアルフィー君の来客を喜ぶように無邪気に行き来する姿が哀れであり、不憫でならなかった。

**お母さんからの手紙**

　お父さんが亡くなってからすでに十数年が経つが、お母さんはその悲しみを埋めるかのように、またご主人との思い出を忘れないためにも毎年の舞台を続けられている。そして私は欠かさずご招待を受けてきた。おそらくもう六〇歳を過ぎたであろう最近でこそ、長時間の踊りは避けられているようであるが、それでも主役の座を譲っていない。私はその舞台を拝見するたびにお母さんの気力に頭が下がる思いになるが、そのつどご主人の愛を後方に強く感じるのである。

平成二五年（二〇一三）に心に浸みるお手紙をいただいた。

「一生忘れられない先生との出会い、そしてその後のアルフィーの生い立ち、思いは果てしなく巡っていきます。彼は今年で三一歳になり、今やすばらしい男性に育っています。自閉症でありながらも社会へ飛び出し、自立して生きています。東京の新宿にあるＮＴＴ系の障害者雇用の特例法人に勤めて七年が経ちました。一、二年に一回ぐらい、ちょっとした事件を起こしますが、まじめな性格で仕事力もあり、くびにならずに続けています。そして、小金井のマンションで一人暮らしをしています。言葉を話せない、お金の管理ができない、という大きな不安もありますが、一人で生きていくという自信と勇気を認めてやり、応援するしかないと思っています。」とあった。

# 第三章　社会のこと

# 戦後の世相と日本の将来

### 戦後の世相

昭和二〇年（一九四五）八月一五日、日本は昭和天皇の決断によりポツダム宣言を受け入れ、太平洋戦争が終結した。私が小学校一年の時である。

わが国は無条件降伏を宣言させられ、国家としての主権を失い、以降七年間を連合国占領軍総司令部（ＧＨＱ）によって支配されることになった。ＧＨＱはそれを契機に、天皇を現人神から人間とし、軍部を背景にした帝国主義を一気に瓦解した。そして、男女平等を説いて女性に参政権を与え、農地改革をして地主制度を廃止し、さらに教育制度を改めるなど民主国家としての数多くの施策を打ち出した。これらの大変革は、終戦直後の社会に収めようのない戸惑いと混乱をもたらした。しかも国民はそれらを敗戦という絶望の淵で受け止めねばならなかったのである。しかし、日本国民は、「焦土からの復興」を共通目標に定めて、芋ずるやスイトンを食べながら著しい経済的困窮を耐え忍び、不屈の精神力で立ち直ったのである。

戦後一〇年が経って昭和三〇年代に入ると、国情が安定し始め、日本は新たな時代へ入っていった。つまり、平和国家としての新憲法の理念が浸透するとともに、産業が一気に発展して高度経済成長時代に突入したのだ。それには石炭に頼っていた燃料が石油に取って代わり、同時に油を原料にした種々の産業が開発されたことが強く後押しした。その勢いは経年的に増していき、ついには昭和四七年（一九七二）のＧＮＰ（国民総生産）を世界第二位にまで躍進させたのである。

一方、医学が急速に進歩し、合わせて医療技術も飛躍的に発展した。そして、昭和三六年（一九六一）に国民皆保険制度が発足し、医療保険の本格稼働が始まっている。さらに、経済力の安定から弱者救済の余裕が生じ、社会保障の理念が目覚めたのもこのころである。

戦後三〇年を経て昭和五〇年代に入ると、わが国は経済大国に留まらず、文化国家として認識されるようになった。ノーベル賞受賞者が輩出し続け、優秀な頭脳を持ち合わせた国民としても世界に再認識されるようになったのである。そして、国民の栄養状態は著しく改善され、医療技術が飛躍的に進歩したことと相まって平均寿命が急速に伸びていった。

この間、国民の生活様態はどのように変化したのだろう。敗戦を契機に、それ以前の「お国のため」という帝国主義の理念が一夜にして「個人を尊ぶ」自由主義に改められたが、国民はいきなり与えられた自由の意味を理解できないまま、当初はどのように生きるのが良いか戸惑うばかりであったと思われる。その中で、大多数の国民は個人の生活をより向上させることに執着するようになり、なかんずくひたすら物質を追求する方向へ転じて行ったのである。それに伴って女性も社会に出て働くようになり、それらは既存の家族形態に歪みを生じさせ、古来の大家族制が崩壊して核家族化が急速に進んでいった。それが出生率を急速に鈍化させる一因になったのである。

時が進んでいよいよ平成年代（一九八八年から）に入り、社会に飽食が許されるほどの安定が認められた後もこの傾向は飽きることなく続けられた。つまり、平和社会が爛熟し、個人を尊ぶ自由主義がさらに浸透していったのだ。そして、物質を上へ上へと際限なく追求する通念が加速し、それに伴って女性の就労と核家族化が一層進んでいったのである。

一方、古来日本人が持ち続けてきた「先人に孝養を尽くす」とか「慈烏反哺」といった老人をいたわる美しい通念は、個人の物質的向上をひたすら大切にする風潮に毒されたかのようにはかなくも減衰していった。そして、美しい通念に逆らう自らの非情を、良心に蓋をするかのように簡単に許す時代になり果てたのである。その挙句、老人はひとり家に残されるか、独居を強いられ、あるいは病気からではない社会的入院をさせられる現象が認められるようになった。つまり、老人が家族のために辛抱をする世相になったと言い換えることができよう。

日本国憲法は第二五条によって、社会保障の理念をうたいあげている。すなわち、国民は健康で文化的な最低限の生活を営む権利を有し、国はそれを援助しなければならないとしている。この制度の当初の目的は、傷痍軍人の生活保障や母子家庭への援助などが主たるものであった。それがここにきて、家族から疎ましがられる老人を弱者ととらえ、そこに社会保障の理念をつぎ込む考え方が芽生えたのだ。そして、平成九年（一九九七）に介護保険法という法律が定められ、平成一二年（二〇〇〇）から施行される運びになった。

**現状分析**

ここまで述べてきたように、わが国は社会の安定と医学の発展によって平均寿命が著しく延長し、一方で女性の社会参加や核家族化の浸透から出生率が急速に鈍化した。それらの影響を人口動態からみてみると、平成五年（一九九三）度から合計特殊出生率が一・五を下回るとともに、六五歳以上の老人が占める比率（高齢化率）が漸増し、平成二五年（二〇一三）には総人口の二五％を占めるまでになった。つまり、四人に一人が六五歳以上ということなのだ。そして、推計学からとらえると、この高齢化率は今後も上昇を続け、二〇四〇年には、総人口が二〇〇〇万人減少して約一億人になり、なんとその約三五％を六五歳以上の高齢者が占めるであろうとされている。したがって、高齢者にどのように対峙したらよいのかが国民の大きな関心事になっていくが、その骨子になるべき国家予算が抜き先ならない状況になると予想されるのである。

それは高齢者の生活援助が含まれる社会保障費（国民年金、医療費、介護費、社会福祉、生活保護費などから成る）の動向を検討すれば容易に理解できる。そもそも医療費の高騰を抑制することも含めて社会が高齢者の面倒を見ようと始められた介護保険制度は、平成一二年（二〇〇〇）に始められたが、その年の社会保障費は一六兆八千億円で、それは一般歳出の三五％に留まっていた。つまり、それ以外の六五％の予算は、防衛費、文教費や公共事業費などに配分されていたのである。しかし、驚くべきことに社会保障費の実数が毎年約一兆円ずつ増加し続け、一六年が経った平成二八（二〇一六）年度には、なんと三二兆五千億円になり、それは総予算約九七・五兆円の三三％、一般歳出の五五％を占めるまでに膨らんでいる。したがって、それ以外の一般歳出の予算比率は四五％と、平成一二年度から二〇％も減少しているのだ。だから国はこの比率の上昇を何とか食い止めようと国債や消費税から予算総額を増やすことなどで対応しているが、歯止めがかかって来たとはいい難いのが現状なのである。社会保障費がこのペースで増加していくと、一〇年を待たずして約四〇兆円に達すると予測され、ここに何らかの大ナタを振るわない限り国家予算の枠組みが崩れ、日本は抜き先できない状況に陥ると予測される。

## 危機を脱するための意識改革

私は、この社会保障費が膨れ上がる現象を自由主義と物質社会が進みすぎた結果であるととらえている。つまり、世の繁栄こそが自らの幸せにつながるという物質主義が重視されるがあまり、老人をいたわり、子どもを大切に育てるといった実利にはつながらないが実は非常に大切な習わしが失われていったことに根本的な原因があると考えている。にもかかわらず、行政は近視眼的な視点から老人を商品のように扱う介護事業を認可し、また、女性の就労にとって足かせになる育児に関しても種々の保育制度を施行してその活用も是としてきた。私はこういった家族を物理的に扱うまさに物質的な施策を考え直さない限り、日本の将来は極めて危険な方向へ向かっていくと考えている。なぜならば、財政的な行きづまりもさることながら、もっと根本的に、多くの犠牲を払って家族のために辛抱をしている人が身近にいることを知りながら、なおも物質を追求し続けることで本当の幸せが来るとは思われないからである。

それでは、これから先はどういった生き方を求めたらよいのだろう。それを探し当てるために今やらねばならないことは、国民一人ひとりが一度立ち止まって自らの影を見つめ直すことだと考える。

例えば、介護保険制度という手厚い援助があったにしても、本来ならば自分の家にいて当然の老人を家族から離して辛抱させ、寂寥とした終末期を何もわからない施設で迎えさせることが果たして家族の真の幸せにつながるのかと考えてみるがよい。

また、0歳児保育と称して生まれて間もない乳児が、乳房のぬくもりや母の匂いも知らないうちから家族のために一定時間を切り離なされ、日々で変わる保母の臭いを嗅がされている現状がある。赤ちゃんはどの匂いを母として認識したらよいのだろうか。まさか保母の匂いではありますまい。実は、母子関係の構築のためにはこの時期が最も重要であり、この時期こそを母子が共に過ごして親子の絆、それはやがて人の輪の源になるが、それを深めていかねばならないことも思い出してみるがよい。

さらに、学童が家に帰っても「ただいま」「お帰り」の掛け言葉もないままひとりゲームに明け暮れる生活を強いられる現状もある。実は、この掛け言葉から、学童は学校や友達との軋轢から解放されて家族の温みに安堵し、母は学校での状況や体調までを瞬時に感じ取ったことも思い浮かべてみるがよい。こういった金では買えないが実は何よりも大切な習わしを切り捨てた生活が子どもたちの成育にどのような影を落としていくか、想像しただけでも背筋が寒くなるのは決して私だけではありますまい。

そこで、私は次世代を担う若者に考え直してほしいいくつかの点を挙げておきたい。

まず自由主義とはなにか考え直してほしいのだ。それは個人を尊ぶことばかりではないということに気付いてほしいからだ。

そして、物質のもつ価値を再認識してそれをどこまで追求するつもりなのかを考え直し、あるところで歯止めをかけてほしいのだ。例えば、次から次へと新車を求めたとて、それはかりそめの喜びにしかなりえないことを知ってほしいのだ。

さらに、真の男女平等とは何かを理解し直してほしいのだ。女性が男性に追いつくとか、どちらが偉いということでは決してなく、動物としての質の違いを知り、共に尊重し合う関係を作り出してほしいのだ。

そして、かつてあった日本古来の美しく豊かで心温まる世相を思い出し、同時に、島国で長らく純粋培養されて優秀な遺伝子を獲得できた国民としての誇りをもって、科学、文化、芸術などを高く評価し、そこに若者を引き付ける世の中になってほしいと考えている。

# 津久井の殺傷事件の背後に潜む世相

平成二八年（二〇一六）七月に起きた神奈川県の津久井にある障害者施設での殺傷事件は、その残忍さにおいて国民を震撼させる出来事であった。しかもその犯人がこの施設の元従業員であり、いわばよくわかっている、あるいはつい最近まで世話になっていたところに押し入っての凶行であったことに理解を越えた異常さがうかがえる。新聞などの報道によると、犯人は退職後に精神病院に入院していたとか、しかも、大麻依存の可能性もあると指摘されており、それらは、あたかも精神の異常な状況での犯行を匂わせている。

しかし、犯人の供述によると、犯行の動機が以前から主張していた知的障害者の尊厳を否定し、生きる権利を奪ってもしかるべきとする考え方にあったことを知ると、たんに異常な精神状態のなせることとして片づけられない深層が潜んでいるように思われる。

私がこの事件の報道に接して率直に感じ、考えたことを掘り下げてみる。

## 事件の報道から連なる思い

私は、かつて心身に障害のある人たちをあずかる総合福祉施設に約四十年間をお世話になった。その中には今回の事件の場になった施設と同じ知的に障害のある人たちを対象にした更生施設も含まれていた。私は、そこを利用している人たちのおかれた境遇や実情についてこの目で確かめ、彼らが実は辛抱を重ねながら生活していることを知り、それらをいくつかの文章にまとめたことがある。そして、世話人（指導員）が時に示す「…してあげる」といった上から目線の対応に腹を立て、その矛盾や欺瞞に辟易としながら、一方で、障害のある人たちをどのように捉えていったらよいのかについて多くの時間をかけて考えてきた。

そこから出されたことは、障害のある人たちだからという特別な目線、その多くが上から目線であるが、それで接しても、また、かりそめの憐れみをもってしても彼らの心はとらえられないということであった。そして、彼らの障害を一つの特徴（personality）として受け止め、あくまで対等の立場で接してこそ彼らに受け入れられる関係が成立し、そこにあってはじめて彼らに少しでも近づくことができることを学んだ。だから、マスコミなどがこの事件を、弱者をさらに痛めつけたという視点でとらえていることに私なりの違和感をもったのだ。そして、知的に障害があるというハンディを背負ってきた人たちをさらに苦しめるような犯行は断固として許せないという論評に、事件のとらえ方がまさに上から目線であり、あまりにも直線的といおうか、どこか筋違いがあるのではないかと感じたのだ。

誤解のないように記しておきたいことは、私に今回の事件によって傷つき、あるいは亡くなった人たちを気の毒に思う気持ちがないということでは決してない。同じような環境に生活したことのある人間として私なりに憤りを持ち、犯人を許せない気持ちは人にも増して感じているつもりである。

私は、この事件の背景には現代の殺伐とした自己中心的な世相が強く絡んでいるのではないかと考える。障害のある人たちが犠牲になったことは、何度も繰り返すが、増して気の毒に感じるが、そこを越えて、このような事件を起こさせてしまった背景について、たんに犯人の精神状態のみに帰すのではなく、ここでしっかりと考察していかねばならないと思うのだ。

## 背景に潜む怖しい世相

犯人は二六歳の男性だという。すると平成二年（一九九〇）前後に生まれているはずだ。どんな境遇に育てられたのかはわからないが、おそらくバブルの時代を経験し、それが破綻した後の社会を生きた両親から生まれ、育てられた子どもであったろう。

日本は、敗戦後の混乱から立ち直ると、約六十年前に高度経済成長を声高く掲げ、物質の追求を是とする国策を打ち出した。そして、勤勉な国民の努力によって短期間のうちに世界に冠たる富裕国になった。それは昭和五〇年（一九七五）ごろのことである。結論が先になるが、もしこの時点で、為政者が、国民に、個人の幸福を尊ぶ自由主義を正しく理解させ、物質ではなく心でつながった豊かな仲間に囲まれて誠実かつ真剣に生きる生活を目指そうと指導していたならば、回り回ってこのような事件は起きなかったであろうと考える。

しかし、国は、物質を追求して国家が潤えば、それが個人の幸福につながるという理念を展開し続けた。それに乗せられる国民は自らの物質的繁栄に酔いしれ、それを獲得するために生活レベルを上へ上へと際限なく高めようとした。その結果、自由の意味をはき違えた自己中心的なものの考え方がはびこり、他者がどうなろうとも、「自分には関係ない」と断ち切る自分を許し、自らは街中を新車で走り回る虚栄が珍しいことではなくなった。

さらに為政者は、経済的発展に欠かせない労働力を確保するために、「嫁も含めて働けるものは家を出よ」という方針をとり、さすればより潤った生活ができると煽りたてた。それは、家庭の在り方そのものを温もりのある巣という姿から百八十度転換させ、核家族化が急速に進んでいった。

これらのうねりが古来の社会通念に沿って嫁の世話になっていた老人や、幼い子どもたちに押し寄せたのだ。すると、国は社会保障制度を前面に立てて、老人を社会が預かるからとか子どもたちも生まれた直後から保育するからという、極めて場当たり的、物理的な方策を練りあげた。

犯人はちょうどこんな世相に生まれ育てられた。

それから十数年が経ち、今や、老人を商品のように扱う介護保険制度が定着し、一方で子育て支援などという理不尽な体制ができあがりつつある。そして、家の者たちの良心は、年寄りや子どもたちにこれらの制度を利用させることに何の呵責も感じないまでに麻痺し、「自己の生活を守るためだからやむを得ないこと」と割り切れるようになっている。

具体的には、「老人が家族のために住み慣れた本来は自分の家を出ていき、何もわからない窮屈な施設で集団生活を送り、そして寂寥とした終末期を諦めの中に迎えていく」ことが、物質的に用のなくなった老人に対応する社会の流れになり、そうすることに誰も後ろめたさを感じなくなったのだ。

この「老人から希望を奪い、残された人生をあたかも生命の蛇足のように施設で過ごさせる」という考え方は、肉体的な殺人こそは起こさないまでも、まさに弱者を切り捨てるものであり、今回の事件の犯人が「障害のある人間は生きていても仕方がない」と短絡して切り捨てた思考回路に実は極めて近似していると考える。

今どこかで日本という国の舵取りを変えないと、当たり前になりつつある自己中心的な生活態度からは、共に生きようとする絆が芽生えるはずがないばかりか、かえってその芽が摘み取られかねないと危惧される。つまりそういった生活から派生する人の心は、細切れのように分断された殺伐としたものになり、自己のみを許し、他者、例えそれが肉親であっても彼らを断ち切り、まして他人においては生命すらも軽んじる考え方が何の抵抗もなく生じてくると思われる。

星野道夫さんの著書（『魔法のことば』）にこんな文章が載っていた。

アラスカの原住民の話である。彼らは流氷の中でオットセイの皮で作った舟を操ってセミクジラを捕獲して生活しているが、それが捕れたときの話である。村人の前で、捕獲した若者が一本のナイフでクジラを解体するのだが、

「若い連中はどうやってクジラを解体したらよいのか良くわからない。それで必ず回りに年寄りがついているのです。年寄りが指示を与えながらクジラの解体が進んでいくけれども、そういう風景はすごくいいなと思います。年寄りがそういう形で力を持っているということにホッとするんですね。年寄りがどこかで力を持っている社会は健康な感じがする。若い連中も年寄りに対して一目置いていて、そういう風景は見ていて本当にいいですね」

こんな世界は日本にはもう来ないのだろうか。

# 危うい介護保険

### 介護保険法制定の背景

平成一二年（二〇〇〇）に高齢者を対象にした介護保険制度が始まったが、そもそもこの制度を作った背景には高騰する医療費対策があった。

わが国が高度経済成長を遂げた一九七〇年代に入った頃から、世の中で核家族化が急速に進み、若者は男女を問わず自らの生活を大切にするという社会形態に変わっていった。すると、彼らの生活の足かせになる同居高齢者や、家族のいない独居高齢者への対応として、医療ではなく療養が目的で医療機関に入院させるようになった。この傾向に拍車をかけたのが、昭和四八年（一九七三）に施行された高齢者医療の無料化である。実際に、私がアルバイトをしたことのある成人病院の療養病棟には、そこに家財を持ち込んで生活をしていると言えるほどの高齢者が多くみられたのである。

こういった医療から明らかに離れた実態を解決するために介護保険法を定め、通常の入院費より安価で利用できる施設を造ってそこに入所させることで、その差額分だけの医療費、ひいては社会保障費を節約しようとしたのである。それによって全国にある約一八万床の療養病棟をなくす思惑であった。

## 介護保険制度の事業内容

見切り発車に近い形で開始された介護保険制度は、平成一八年（二〇〇六）に最初の見直しがなされ、それ以降、三年ごとに改正を繰り返して来た。とくに、平成一八年（二〇〇六）と二四年（二〇一二）になされた改正で、高齢者を在宅させたままで地域に密着したサービスを提供する形態が新たに充足された。この間、閉鎖させる予定であった療養病棟は、種々の曲折を経て介護療養型医療施設と名称を変えて残された。

そして、平成二九年（二〇一七）時点で、県・政令市・中核市の管轄下に多人数を対象に展開する広域型サービスと、市町村の管轄下に少人数で行う地域密着型サービスの両面から複雑多様のサービスを提供できるようになっている。そのあらましを記すと、

〇居宅サービス…高齢者を在宅させたまま、介護関係者が訪問して、介護、看護、入浴、リハ

ビリテーションなどを行う。

○通所サービス…高齢者が事業所へ通う（通常送迎）か、短期に入所して、そこで介護、入浴、リハビリテーションなどを受ける。

○入居ないし入所サービス…高齢者を自宅から離れた多種類の施設に入居ないし入所させて、そこでそれぞれの目的に合った介護・医療を行う。広域型の入居施設には指定を受けた有料老人ホーム、養護老人ホーム、軽費老人ホーム（ケアハウス）があり、入所施設には介護老人福祉施設、介護老人保健施設、介護療養型医療施設がある。そして、地域密着型の中には、認知症対応型共同生活（グループホーム）、地域密着型特定施設と地域密着型介護老人福祉施設がある。

私は、地域密着型の事業こそが本来の目的に適したものと思っているが、二九床以下に制限されているが故に必要とされる絶対数をまかなうことができず、依然として大人数の広域型の事業が林立しているのが現状である。

**発足の理念の歪曲化**

前述したように、核家族化という社会形態の定着によって、嫁を含めてみんなが働きに出る時代になり、その挙句、家に残されるか一人で暮らす高齢者は話し相手もいないまま孤独にさいなまされ、寂しい老後を過ごさねばならなくなった。一方、高齢者を残して働きに出る家族にとっても家のことが心配の種になっていった。

このような状況を解決させるために作られたのが介護保険制度である。つまり、高齢者を社会でお世話できれば、それは、彼らにとっては、事業所や施設などで同世代の友人もできて寂しさを紛らわすことができ、一方で、家族は安心して働けるのではないかと考えたのだ。この理念は、父母のみならず先人に孝養を尽くすという美しい観念をベースに成り立っており、まさに世界に誇りえるすばらしい考え方であったのである。そして、この制度が開始された当初こそは、その理念に燃えた新鮮な取り組みがなされていたと思われる。いや、現在に至ってもその理念を守って真摯に取り組んでいる施設がないわけではない。私がかつて勤めた施設は、地域の医師会が造った介護老人保健施設であったが、市中病院と連携をとりながら、地域の高齢者の状況や家族の事情に合わせたサービスを親身になって提供していた。そして、経営的にも良心的な運営を心がけていた。

ところが、これらの介護保険サービスが事業としての採算を期待でき、また、法の盲点を突けばさらに収益の上がることがわかってくるにつれて、電気量販店や外食産業のように利潤だけを追求する事業家が出てきたのである。その背景には、入所希望者の方が居室数よりも圧倒的に多いという社会情勢があるからである。この本来の理念から歪曲された事業の実態を、入所ないし入居事業を例えにして明かしてみよう。

高齢者がこれらの施設を利用した場合の介護費用は、介護保険法に定められた公的費用としての介護料（これは、施設の種類と利用者の介護度によって異なっている）とそれとは別の自費負担金（私的費用）とで成り立っている。このうちの公的費用としての介護料は法で定められたいわば共通項であり、各事業者間で大きな開きは生じえない。それに対して自費負担金というのはあくまで事業者と利用者との私的な契約でなり立っており、そこに公的費用からでは得られないうまみが潜んでいるのだ。つまり、本来の自費負担金には、公的費用の一割負担（所得により二割負担もあるし、軽減処置もある）と、居住費、食事代、それに光熱水費などの日常経費が含まれる。そして、これらを合算すると月に八万円前後になるように仕組まれている。実際に私が勤めた施設では、公的費用の一割負担分（八〇〇〇円程度）のほかに、三二〇〇円の居住費と一三八〇〇円の食費、それに日常経費を合わせて一日に三〇〇〇円弱になり、月額にして九万円未満に留められていた。この金額はちょうど国民年金の支給額にほぼ匹敵し、自分の年金さえ供出すればそれで賄うことができ、それ以外の追い金で家の者たちに迷惑をかけることのない仕掛けになっていたのだ。

ところが、あくなき収益を追求する介護施設に入所しようとすると、本来の自費負担金ですら居住費や日常経費から吊り上げられ、それに加えて共益費、協力費、積立金という勝手な名目で別個になにがしかを請求されて、合算すると月に二〇万円を越すほどになってしまうという。これだけの額は本人の年金だけではとうてい賄いきれず、家の者たちが月に一〇万円以上の追い金を背負うことになる。さらに入所時に預り金としてまとまった額を請求されるのが通例になっており、その額は一〇〇万円を超すところが多いとされる。しかも、事業者が入所者を選定する段階で、年金以外にこれだけの追い金が必要ですという篩をかけ、出せない人はお断りという対応が展開されていると聞く。つまり、入所希望者が圧倒的に多いという追い風に乗って、情けのかけらも見られない極めて理不尽な事業がまかり通っているのだ。

さらに、これらの施設では、家の者たちに追い金の負担をかけなくて済むという大義名分を掲げて、まさに法律を歪曲したような仕組みを用意していると聞く。そのからくりとは、高齢者の住民票を家族から切り離して施設に移動させ、独立した一人所帯にすることから始まる。すると、高齢者は年金のみという低所得者になるので、それを盾に公的費用の一割負担金の軽減処置を申請させるのみならず、生活保護も願い出て、生活扶助、住宅扶助、医療介護扶助を受けさせ、そこから自費負担費用を徴収しているという。この現象は、平成七年（一九九五）に八八万人にまでに減少していた生活保護受給者が、二一世紀に入るころから増加に転じ、平成二六年（二〇一四）にはついに二一六万人と、約二・五倍にも膨れ上がった事実になって表れている。過去二十数年間の社会情勢が生活保護者をここまで急増させるほどに低迷したとは考えられず、やはり、介護事業者の仕掛けが少なからず影響していると言えるのではないだろうか。そして、国家予算としての生活保護費は平成二六年度で三・六兆円にまで膨らんでいるのだ。こういった法の盲点を突くような措置は、正面切って違法にはならないので、忸怩《じくじ》とした思いに駆られながら見過ごしているのが現状なのである。

**事業と良心**

事業者から市町村に請求される公的費用の適正は、所轄が監査を行うことである程度の監視が可能である。それに対して、自費負担金はあくまで私的な契約なのでその適正について行政が関知しにくいところに大きな盲点が潜んでいる。そこに目をつけるように、収益のことしか考えない事業者が、余命いくばくもない高齢者とその家族からなけなしの金をむしりとる非情が何のためらいもなくなされてゆく。しかも、入所希望者の方が受け皿のベッド数よりも圧倒的に多いアンバランスがある限り、事業者の強気の運営はこれからも際限なく増長され、そこに歯止めをかけることは難しいのである。いま仮に、事業者の高齢者をいたわる良心に期待したとしても、事業という建前を盾に女々しい感傷として掻き消されてしまうに違いあるまい。

介護保険法を作った原点は、核家族化の進行などから在宅での介護が困難になった高齢者を先人への恩返しという倫理観も含めて社会で救済するところにあったはずである。しかし、現状はそんなことはどこ吹く風と忘れられ、代わって金に縛られた事業に変貌している。そして、追い金を支払う能力のある家族に限って利用できる制度に取って代わろうとしている。そして、本来の目的からいえば、いち早く利用してしかるべき貧しい家族が金銭的な理由から切り捨てられ、より劣悪な環境に追い込まれていく現状をどのように受け止めたらよいのだろうか。

このまま放置すれば、世界に誇る崇高な理念は机上の空論と化し、代わって世界に恥をさらす貪欲な制度になり果てる日もそう遠くないように思われる。

## 日本を沈没させる社会保障

わが国は憲法二五条によってすべての国民が健康で文化的な最低限度の生活を営む権利を有すると定めており、この理念に沿って社会保障という制度ができ上がっている。それはすばらしい考え方に違いないが、国民に「皆でそれを守っていこう」という意識が行き届いていないためか、運用面でいくつかの混乱が生じており、その蓄積が社会保障費の高騰という形で現れている。

日本の社会保障制度は以下の五項目から成り立っている。

・社会保険…医療保険、年金保険、介護保険、労災保険、雇用保険がある。
・公的補助…生活保護がある。
・社会福祉…老人福祉、障害者福祉、児童福祉、母子福祉がある。
・公衆衛生…感染症対策、食品衛生、水道、廃棄物処理がある。

・老人保健…平成二〇年四月より後期高齢者医療制度に変換された。

これらの社会保障は個人資金（保険料）と国家予算、県予算、市町村予算を合算して運用されている。

**国家予算の中の社会保障費**

平成一二年（二〇〇〇）度から導入された介護保険制度を例えにとってみると、老人に施された介護の対価は、一〇％の個人負担を除いた九〇％を市町村が窓口になって支払い、それを介護保険基金から五〇％、国から二五％、県と市町村からそれぞれ一二・五％ずつを補填することになっている。したがって、国家予算を見れば、その年の介護事業に要する総額をざっと四倍として換算できる。医療に関しても窓口での負担額が年齢と年収によって異なっているもののほぼ同様に計算できる。

平成二八（二〇一六）年度の国家予算の総額は約九七兆五千億円で、そこに占める社会保障費は約三二兆五千億円であった。これは、国家予算総額の中の一般歳出（総額から国債費と地方交付税金を除いたもの）、五八兆四千億円の五五％にあたる。そのうちの医療費は約一一兆二千億円であったので、この年の医療費総額はその四倍の約四五兆円になると計算できる。

社会保障費の推移を経年的に探ってみると、介護保険制度が発足した
・平成一二（二〇〇〇）年度では一六兆八千億円で一般歳出の三五％であった。五年後の
・平成一七（二〇〇五）年度では二〇兆四千億円で一般歳出の四三％になった。そして、
・平成二二（二〇一〇）年度から社会保障費が一般歳出の五〇％を超えた。そして、
・平成二三（二〇一一）年度では二八兆一千億円で一般算出の五二％になり、
・平成二八（二〇一六）年度には三二兆五千億円で一般歳出の五五％に達した。

ここから社会保障費の実数が経年的に増加していることがわかるが、私は、実数もさることながら一般歳出に占める比率が上昇していることに問題があると考える。なぜならば、この比率の上昇は公共事業費、文教費、中小企業対策費、防衛費、エネルギー対策費などの社会保障費以外の比率の低下を意味しているからである。国はこの比率の上昇を抑える一つの手段として予算総額を階段的に上昇させて対応してきた。具体的には国債の発行や消費税率の増加などの方法をとってきているが、この傾向に歯止めがかかっているとは言えず、依然として上昇し続けているのが現状なのである。したがって、毎年約一兆円という驚くべき速さで増大していく社会保障費をなんとかしない限り、やがていかなる方策をとっても他の一般歳出へのしわ寄せをかわし切れなくなり、わが国の将来にいくつかの歪を作ることになると危惧されるのである。

社会保障を構成しているそれぞれの項目で考え直さねばならないことがあると思われるが、ここでは医療の視点から考察してみる。

**小児緊急医療の実態（コンビニ受診）**

小児緊急医療の実態から入っていく。東京都世田谷区にある国立成育医療センターは高度先進医療を担うのみでなく、小児医療の実態を把握する目的もあって、夜間緊急外来部門を設けている。つまり、ここへは紹介状などの必要はなく、だれもが直接受診できる体制をとって、小児緊急医療の実態を生で捉えている。ちょっと古いが、公表された実績によると、平成二二（二〇一〇）年度の夜間に緊急に受診した患者総数は三万三二九八人（一日平均九一人）であった。そのうち四〇六四人（一二・二％、一日平均一一人）は直ちに治療が必要な病態にあり、うち四一三人（一日平均一・一人）は重症であったという。しかし、残りの二万九二三四人、八八％の子どもたちは軽症で、あえて夜間に緊急に受診する必要のない状態にあったという。

この夜間だけで一日九一人という数字からは、ある時間帯の待合室が溢れるばかりになり、医師や看護師がてんてこ舞いしている状況を窺うことができる。

こういった夜間緊急外来の状況は全国的にも同じように認められる現象であり、それを異常と感じている人は少なくない。たとえば、「知ろう！小児医療　守ろう！子ども達」の会代表阿真京子さんは、平成二〇年（二〇〇八）一二月七日の日経新聞の「最前線の人」の欄に次のような記事を報告している。書き出しは、自分の子どもがヒキツケ（痙攣）を起こし、夜間緊急に連れて行ったときに受けた衝撃から始まっている。溢れかえる待合室の泣き叫ぶ子どもたちの声に掻き消されて呼び出しの案内も聞きとり難いほどの喧騒の中で、彼女は「急に体調を崩した子どもを休日や夜間の緊急外来に気軽に連れて行くコンビニ受診は小児医療を疲弊させる要因のひとつになっている」と感じられたのだ。つまり、子どもたちの苦難もさることながら、そこに働く医師や看護師などの過重の労働状況にも驚かされたのである。そこで彼女はこの会を立ち上げ、月一回のペースで講師を招いて発熱や下痢などへの対応を知り、どんな様態なら一晩様子を見ても大丈夫なのかを見分ける知識を得る運動を始めたとあった。つまり、親が子どもの病気について知らないことに大きな問題があると感じられたのだ。

子どもが不調になった時に、親が気安く、「ものがなくなったからコンビニへ」と同じ感覚で、半ば反射的に病院へ連れて行く行動には、種々の要因が絡んでいると思われる。阿真さんが指摘されているように親が病気についてあまりにも無知であることもそのうちのひとつであろう。核家族が常識になり、日ごろから近所づきあいも疎になりがちの環境では、若い親が経験豊な年寄りや近所の知り合いから学ぶ機会も乏しかろう。その中で病む子を前にその状況判断に苦しみ、そこからとにかく病院へ行こうと短絡する気持ちはわからないでもない。そのように捉えると、阿真さんが始められた運動は、病気を知るという直接的な効果のほかに、共に歩む連帯意識を高めるためにも有意義なことだと思われる。同じような輪が各地に広まっていけば、それは素晴らしいことだと考える。

コンビニ受診に走るもうひとつの要因は、共稼ぎの環境にある。つまり、昼間を保育所に預けて自分の仕事をこなし、その後に子どもが不調であることに気づくと、親は子に辛抱させて済まなかったという気持ちと、親としての勤めを果たすという義務的な観念と、さらに夜間のうちに治して明日の朝には仕事に付きたいという利己的な気持ちとが重なって、子どもの病状なぞを判断するまでもなく、まさに事務的に緊急外来を訪ねるのではなかろうか。実際に、私が一般外来として夕方診を行っていると、そのように思われる親子にしばしば出くわすのだ。そして、「明日までに治りますか」と心の内が透けて見えるような言葉を発する親もおり、そのたびに暗然とした思いに駆られるのである。

これらの要因は社会の構成や親の状況に関連したことであるが、さらに考えねばならない大きな要因として小児医療費助成制度がある。これは昼間受診も含めて言えることであるが、医療費の支払い機関である市町村によってその程度は異なるものの、子どもが受診したときの自己負担金が免除されたり、大幅に軽減されたりしていることである。そのために受診してもその場でお金を払う必要がなく、したがって自分の財布はとりあえず傷まないことも安易に病院へ走る現金な要因になっていると考える。

これらの要因が重なって、小児科や耳鼻咽喉科の外来は昼夜を問わず鼻水程度で受診の必要のない子どもたちで溢れ、それが医療費の高騰の一因になっていると思われる。

**高度医療技術の乱用**

老人の終末期医療については別項「終末期医療を考える」で考察したので重複は避けるが、そこでなされている延命治療が保険制度上で高額を請求できるが故に社会保障費を考えるうえで避けて通るわけにはいかない。そこで一部重複することを覚悟して論じてみる。

水分が取れないから点滴をする、食べられないから経静脈栄養や胃瘻からカロリーを与える、重い肺炎などで呼吸ができなくなったから人工呼吸を施すといった高度医療は今やどこの病院でも容易になされる時代になった。しかし、本来、これらの医療技術はあくまで一時的な手段として、つまり、点滴や栄養補給はやがて口から飲めたり食べたりができるようになるまで、人工呼吸はそれを必要とした病態から回復するまでのつなぎの手段として開発されたものなのである。したがって、それらを必要とする病態から回復できる見通しがあり、かつ、その後に通常の生活に復帰しうる人を対象に施行されるのが本来の適応のはずである。

ところが現実には、その適応や効果なぞを考慮されることもなく、まさに場当たり的にこれらの医療技術が用いられている。つまり、遷延性意識障害で寝たきりになったり、自然死の道程に入ったりした老人を対象にして、口からものが入らないということだけを手に取って、病気で食べられない人と同じように経静脈栄養や胃瘻からの栄養補給が行われていく。言い換えれば、この先に死しか見えない状況にありながらも、単に延命だけを目的に種々のルートから栄養を与え、呼吸が止まれば人工呼吸器が装着される。

しかも、この高度に進歩した医療技術を、誰を対象にどこまで利用してよいかに関して、国にも、医師会にも、そして学会にも明確な規定がない。また、保険の支払基金からも何の制約もかけられていない。したがって、極端の言い方をすれば、何の生活反応も示さなくなった人を対象に、心臓さえ動いていればそれを生としてあらゆる手段を講じることさえできるのだ。しかもそれらの行為がことごとく保険診療として認定されて医療機関の収入源になっていることも由々しいことなのだ。

## 具体的なある対策

前述したように医療費の支払いは国民が納税した中からなされているので、受診する権利や治療を受ける権利を強引に脅かすことはできない。しかも、小児に関していえば、自己負担金が免除され、当座の財布の中身を心配しなくとも良い環境が用意されているので、そこからとりあえず病院へといった安易な行動になっても不思議なことではない。また、終末期の老人に関しても、親の命を長らえることこそ子が尽くす孝養と捉え、先の見えない延命治療を承諾する家族があっても非難されることでもありますまい。したがって、具体的にある一線を引いた医療を押し付けることは難しかろう。例えば夜間に鼻水程度は診療しませんなどと言うわけにもいかないということだ。

つまるところ、私は、国民一人一人の意識改革が何よりも必要で、それをなさなくしてこの苦境からの脱出は難しかろうと考える。つまり、自分たちが日ごろかかる医療の対価の蓄積が社会保障費の増大につながっていること、それを満たすためにそれ以外の大切な歳出、たとえば、文教科学振興費や公共事業費、中小企業対策費などを削減せざるを得ないこと、また一方で、増税や国債によって歳入を増やさねばならないこと、これらをもっと身近にかつ切実に認識し、その共通意識をもとに不必要と思われる受診や治療を控える意識を高めていかない限り、医療費の真の歯止めはかからないと考える。

国民一人一人がこのような国情を理解して自主的に受診や治療を控えるようになればそれがベストであろう。しかし、それ相当の意識改革を啓蒙しない限り、いったん甘い汁を吸ったものに自主的な改善を求めることは難しかろう。したがって、現実にとるべき具体的な施策としては、ちょっと乱暴だとは承知の上で、小児医療助成制度などは撤廃し、老人医療においても自己負担率を高めて、医者にかかるには金がかかるという現金な意識を育て、一方で、高度医療技術の保険適応をきちっと定めて、その乱用を戒める措置も早急に必要であろうと考えている。

# 東電の原発事故

## 東日本大震災

平成二三年（二〇一一）三月一一日に発生した東北地方太平洋沖の地震と津波、およびその後の余震によって引き起こされた大規模災害を東日本大震災と呼んでいる。岩手県から茨城県に至る太平洋沿岸が壊滅的な被害を受け、約一万八千人が死亡ないし行方不明になった。それらの傷跡は約七年が過ぎようとする現在でも深く残され、国を挙げての復興も掛け声だけで遅々として進まず、実情は今なおはるかに及ばない状況にあると聞く。

私に何の支援もできないことはわかっているものの、震災の状況を直接目にとめておきたいと考え、平成二四年（二〇一二）一〇月と平成二六年（二〇一四）八月の二回にわたって当地を訪れた。

最初は震災から一年半が経った平成二四年一〇月に仙台であった会議の後で松島海岸あたり

を見て回った。湾内に浮かぶ大小の小島が防潮堤の役目をはたしたので、瑞巌寺周辺は被害を最小に留めることができたというホッとさせるようなニュースに安堵しながら仙石線で進むと、あにはからんや、多賀城市内から本塩釜を経て東塩釜に至るまでの全ての建物や樹木が消え去って平地になっており、その荒廃した光景に改めて被害の甚大さを思い知らされた。

二度目の機会はそれから二年が経ってからである。愛知県下のある町の職員である末娘の婿が、流失した魚市場の再建を目的に気仙沼市へ長期に派遣されることになり、震災から三年が経った平成二六年（二〇一四）四月から一年の予定で単身赴任した。その機会をとらえ、婿の陣中見舞いも兼ねて出かけたのである。一の関から大船渡線に乗って気仙沼駅に到着すると、そこより先はいまだに不通のままで、代行バスが用意されていた。プラットホームに接するように止まっているバスの姿が異様であった。駅から気仙沼港へ向かって総じて下る坂道を進むと、あちこちの建物の外壁に、押し寄せた津波の高さが汚れとなって残されており、それが道を下って行くにつれて高くなっていった。そして、突然、大きく開かれた何もない海辺の空間に達した。おそらくそこは、気仙沼港の船着き場に違いなく、建物ばかりか堤防や桟橋もことごとく流されており、さざなみが何もなかったかのようにひたひたと平地に打ち寄せていた。近郊の島へ渡る定期船が沖に止まっており、そこへ向かって長い桟橋が仮設されていた。自然の脅威をいかんともし難く、それに押しつぶされそうになる心を辛うじて堪えていたのである。

お昼近くになって、震災でできた広大なさら地に建てたプレハブ家屋で営む食堂に入ったときである。婿が奨めるハーモニカ煮定食をとると、店主から、「これはメカジキの背びれの肉を煮込んだもので、骨までしゃぶりながら食べるのだ」と教えられ、底抜けに明るい店の人たちと客との会話でひと時を過ごすことができた。その中で私は、昭和二〇年の敗戦から復興に向けて力強く立ち上がった当時の国民の姿を思い出していた。幾世紀に一回という未曾有の震災であったのにもかかわらず、恨みはおろか弱音を吐くことなく、皆がそれらを内にしまったまま明るい声出しをしながら復興へ黙々と向かっていく姿が、敗戦直後の芋ずるやスイトンを食べながら不屈の精神力で著しい経済的困窮から立ち直っていった先人の姿と重なったのである。この町は近い将来、必ずや立派に復興し、昔を凌駕するに違いないと秘かに安心できたのである。

**原発事故から学ぶ**

東北各地の震災からの復興は、遅々としてはいるがしかし、確実に進んでいくであろうこととは裏腹に、地震と津波による福島第一原子力発電所（原発と略す）の事故と、その後の対応に関しては、到底受け入れることのできない怒りの感情からいまだに脱しきれていない。被爆の危険から避難を余儀なくされた一〇万人を超える周辺住人は、地震と津波による被害のみならず、人災としての原発事故とも対峙せねばならない二重の悲しみや苦しみを課せられているのである。

原発事故を起こした時の最大の関心事は、チェルノブイリの経験からも明らかのように原子炉の状況である。にもかかわらず、国も東京電力もその件について国民に一切を明らかにしなかった。時が経つにつれて、炉心溶融が起こっているのではないかと案ずる私のいら立ちは日を追って募っていった。それは、事後の処置を決めるうえで、最も大切な関心事であるからである。そして、海水を使った炉心の冷却対策にもかかわらず、案の定、事故から数日の間に、一号機と三号機及び四号機で炉心溶融によると思われる水素ガス爆発が発生し、建屋が吹き飛ばされた。それでも、炉心は溶けていないと一部で報道されたのである。

これらの現実とその報道に接しながら、私が怒りをぶつけるように綴った文章が残されていた。

**《平成二三年（二〇一一）三月二〇日の記録》**

「大震災から数日が経ち、多種の報道から知らされる状況の凄まじさに、家族を、住居を、そして職業をも失った人々と共有などはできないと知りながらそれでも、その都度深い悲しみを覚えてきた。そのなかで、最近になってなぜか悲しみに怒りの感情が混じってきていることに気がついた。この怒りはどこから来ているのだろうとその発端を探ってみた。

今回の地震は近年の日本で経験したことのない巨大な規模であったという。それに伴った津波も信じられないほどの凄まじさであったと聞く。これらはまさに天災である。

東北地方では、過去に幾度か経験された地震や津波の教訓から、防潮堤の建設や河川の護岸、そして有事での避難訓練と、新たに発生することを予測した天災への対応が叡智を結集して行われてきたと聞く。しかし、残念ながらこれらの努力はあまりにも大きかった自然現象の前にことごとくかわされ、防潮堤を初めとした人智の結晶はもろくも無に帰したのである。そのことが、先人の叡智を信じて生きてきた住民の心にどれだけの落胆と絶望を残すことになっていくか、そこを思うとき、家族や家屋を失ったという直接的な悲しみとは別の被害があるように思われる。『自然の巨大な力を前にして、人智の無抵抗に近い非力をいやというほど知らされた』という思いからは無念には思うものの怒りの感情が入ることは決してありえない。

ところがそれとは全く異なった受けとり方をせねばならない事象が発生した。言うまでもない、福島第一原子力発電所（以下原発）の災害についてである。原発を造った東京電力が、この災害をどのように捉えているかはまだ正確に知りえないが、どうやら、『私たちの想定外の地震と津波であったので…』と、あたかも一般家屋の被害と同じように人力ではかわし切れない災害（天災）として捉えているかのように報道されることに、私は憤りを覚えるのだ。

私はこの原発災害は天災ではなく、明らかに人災（事故）であると思っている。それは、事故による放射能飛散の被害を最も詳しく理解し、いったんそれが発生したならば止めようのない困難に出くわすことを承知しているはずの東京電力が、原発を企画する段階で、地震の規模や津波の大きさから今回のような事故が起こりうることを理論的には十分にわかっていながらそこは目をつぶり、企業としての採算性を優先して、それに見合う範囲内での設計を許容してきたところに最大にして根本的な過ちがあると思うからだ。

いま仮に東京電力が、『考えられる最大規模の天災に耐えうる施設を造ったにもかかわらず、今回はそれを上回る自然現象に襲われたのだ』と天災を主張したとしても、国民はそれをもって止むを得ない出来事であったとやり過ごすべきではないと考える。それよりも、考えられる最善の設計で造られた施設であるはずなのに、それが無残に破壊された事実を根拠に、『いかなる人智をもってしても自然の力をかわす設計はあり得ない』と捉えるべきである。

そこから私は、国が、『日本国内の全ての原子力発電所を撤廃する』という舵取りをしない限り国民の納得はえられないと考える。それは、今回と同じ規模かそれ以上の地震や津波が他の地域を明日にでも襲わない保証はどこにもなく、国民は、同じ人災（事故）を再度繰り返す恐怖に怯えているからである。」

このような気持ちを抱えながらテレビを見ていると、事故に関する見解を述べる東京電力の社員や原子力保安官の発言が、被災を受けた住人の心からあまりにも離れたところにあると感じられ、それも文章に留めてあった。

**《東京電力や原子力保安院の会見から見えるエリート意識》**

「原発事故の成り行きを日本のみならず世界各国が固唾を呑んで見守る中で、現場の関係者の献身的な努力にもかかわらず、残念なことに数日間に三基の原子炉が炉心溶融（メルトダウン）という最も恐れられた状況によると思われる爆発を起こして大量の放射線を飛散することになった。周辺の住民は目に見えない外敵に怯え、路頭に迷いつつ避難を繰り返した。その結果、家族は別れ別れに疎開せねばならなくなり、近隣の絆も無理やり切り裂かれた。その姿を目の当たりにしながらもなお、東京電力をはじめにした原発関係者は、自らの過ちを認めようとせず、自分たちも天災の被害者であるかのような姿勢を崩そうとしていない。

東京電力や原子力安全保安院という脆いガラスの器に尊大なエリート意識を備えて群がった集団には、過疎や僻地であるがために恵まれず、苦し紛れから原発の誘致を受けた一般住民を、『生活が成り立っているは原発のおかげだろ』といった上から目線でとらえる習慣が培われてきたに違いない。その思い上がった低俗なエリート意識がいつしか個々の良心を麻痺させ、一般住民をまるで非人間のように見下げて捉える傲慢につながって行ったと思われる。たとえば、原発を企画する段階で、彼らは、過去の資料などから今回のような天災が起こりうることを予測できていて、本来ならばそこを照らした企画を設計、建設、運営などのあらゆる角度からなすべきであったにもかかわらず、建築費などで企業としての帳尻が合わないことを理由に、何の躊躇いもなく天災の規模をより低く見積もり、その範囲内で企画した、そして、彼らの良心はそうすることになんの呵責も感じないまでに堕落し弛緩していたに違いない。個々の良心が麻痺すれば、その集合からなる東京電力や原子力安全保安院という集団の良心もまた失われていたに違いない。

そして、いざ事故が発生した後でさえ、人であれば設計や建設、そして運営において、ことごとく住民を欺いてきた非を咎める良心が疼いて当然であるにもかかわらず、彼らはそれを傲慢なエリート意識で被い、地震と津波という天災にかこつけて逃れようとしている。

さらに、記者発表や会見で投げかけられる国民の声に対しても、専門家にしか理解できないような特殊用語を駆使してそれらをかわしていく。そこには、自責に追われる姿は微塵もなく、低俗なエリート意識をふり撒きながらその場をもてあそんでいる印象すら覚えるのである」。

いささか過激にすぎる文章であることを承知しているが、これらが私が当時に率直に感じたことなのである。あれから七年が過ぎた。各地の復興事業は相変わらず遅々としているが、確実に進んでいると聞く。娘婿が関係した気仙沼の魚市場も大きく再興されると聞く。

一方、原発の方はどうか。とんでもないことだと思われるが、いったん止められてきた全国の原発が、一つ二つと再開されているのである。原発に代わる発電機構、例えば、風力とか太陽熱の利用も徐々に浸透しているが一方で、電線の所有者である各電力会社が、やがて原発が再開された時のためにとっておくということを盾に、今空いている電線の利用を拒むことで、それらの発展を妨げる動きもあると聞く。嘆かわしくも悲しいことではあるまいか。そこまでをして原発の再開を望む根拠がどこにあるのだろう。原子爆弾と原発事故という二種類の原子力被害を経験してもなおそこに執着する日本の姿を、平穏で穏やかに過ごすことを良しとする諸外国の国民はどのようにとらえているのだろう。

# ある世代の人たち

老人医療に関わるようになって十年が過ぎようとしている。外来診療を通して知り合った人たちも一人二人と欠けて行った。私は彼らと同じ目線で接し、彼らの生活を探りながらの診療を心がけてきたが、それは、彼らが私を心のかよう友と思ってくれたら本望と念じているからである。だから時間の大部分を彼らの思いに触れ、今ある心情に耳を傾けることに使っている。

いろいろの年齢層の老人と付き合っているが、すでに九〇歳を超える人たちは、多くが人生を生き抜いた充実感を漂わせ、同時に死を含めてすべてを受け入れる準備のできているような振舞をなす。そんな彼らの表情にはあらゆる煩悩から解放された悠々とした趣が感じられる。私もやがて達するであろう同じ歳になった時にはたして同じ心境になれるかどうか、いささか不安を感じているが、そんな中に、ほんのわずかな年齢層であると思われるが、いまだに無念や慚愧《ざんき》の入り混じった思いに耐えながら生きている人たちがいることを知った。終戦の昭和二〇年（一九四五）前後が青春の真っただ中で、本来ならば人生の最も華ある瞬間であるはずなのに、それを否応なしに歪められた人たちである。

## 壬門《みかど》さん

私がこの人を知ったのは実は随分と古く、終戦直後の小学生のころである。保存状態も芳しくない粗悪な食べ物しかなく、しかも慢性の栄養失調気味であった私は、しばしば下痢に悩まされ、時には高熱を伴うこともあった。そんな状況に陥った時の母の対応は、「おそらくこいつがどこかで腐りかけたものを食べたのに違いない」と決めつけて、「ひまし油」という下剤を飲ませて一気に排泄させることであった。私が寝ている枕元に、ひまし油を入れた茶碗と梅干をお盆に乗せて差し出し、「これを飲みなさい、そして口直しに梅干しをなめなさい」と言い付けた。絶対的な母の命令に逆らうこともできずに、鼻をつまんで一気に飲み干したものである。

この荒治療は確かに有効で、大概はそれで元気になったが、ときに、それが奏功せずに高熱が続くことがあった。そうなると、母は慌て始め、医師である父を差し置いて近くに住む神主さんを呼んでくるのだ。この神主さんが壬門さんであった。彼が日ごろから地の神様や火の神様に祝詞を挙げるために白装束をまとって家に出入りしていたので、世の中に神に仕える人がいることはわかっていたが、今日はどうやら私のために来てくれたのだ。神棚に向かって私の回復を祈願されるのかと思っていると、いきなり私の布団の脇に立って、激しくお祓いをしながら神にすがってくれたのである。その時の情景を驚きと恐れの記憶の隅から今でも引き出すことができる。

それから七十年ほどが経って、今度は外来で彼とお会いすることになった。ちょっとした高血圧くらいでどこといって問題のない体調を維持した九〇代半ばのお年寄りとして、車いすを引く息子に連れられて来院される。大概は、夢中になっている「数独」の話に終始するが、どうやら、それが高じて不眠になったようで、息子に止められたと笑った。

その彼が、最近になってにわかに身体的に衰えてきた。食べられなくなって貧血が進んでいるのだ。「もう九五歳を超えたのだから」と取り巻きは覚悟をしているようであるが、私は、いわゆる認知症の症状も感じられなく、少なくとも精神的に健全の彼がもう一度生きる力を取り戻すお手伝いをしたいと思うのだ。

彼は、付き添っている息子、その人は地元の高等学校の校長を務めた後、おやじの後を継いで今は神主になっているが、その人に遠慮しながら私から目を離さないようにして訴えてくる。

「先生、最近になって盛んに戦友が夢に出てくるのです。海軍兵としてともに出征し、昭和一九年（一九四四）秋に南方の海に沈められ、幾時間も海上をさまよった果てに、多くの戦友が何かを叫びながら沈んで行きました」。

「幸運にも救助された私は、神主になったあと、彼らをずっと弔ってきたつもりですが、最近になって、さかんに枕元に姿を現し、私に呼びかけてくるのです」。

「本来ならば、戦友とともに沈んでこそ日本国海軍の誉《ほま》れであるはずが、こうして無為に生き延びていることを咎めているのでしょうか」。

そう言いながら車いすで帰って行く後ろ姿に私は思わず手を合わせ、目頭を熱くするのである。つまり、彼の食思不振は、病状のひとつではなく、ひょっとしてそれは彼があえてとっている行動と教えてくれたのかも知れないと感じたからである。

認知症の周辺症状として、幻聴や幻視があることを知っているが、彼の目に、そして耳に現れる現象を認知症の一症状として捉える無謀な解釈だけはしないでおこうと思っている。

**五月さん**

五月さんは病院のすぐ近くにあるお寿司屋さんのおばあさんである。このお店は昔からあったのではなく、戦後でも二十年ほどが経ってから、それまで床屋であったお店を改造して移ってこられた。その頃、私はすでに名古屋に出ていたので、五月さんと知り合いになったのは、たかだか十年ほど前からである。

彼女は大正一四年（一九二五）生まれなので、今年で九一歳になる。年齢よりも若くみえるが、おそらくそれは、人生の大半を独り身で生きてきたからであろう。シルバーカーを自操しながらニコニコと入ってきて、さっさと診療台に登ってくれる。彼女の医学的な関心事は、甲状腺の機能が低下しており、甲状腺薬を与えながらその状況を追跡することにある。それ以外にも加齢による循環器の衰えと足腰の痛みを訴えるが、それらは前面に出るほどのことではない。だから大概の診療は、早々とそれ以外の話題になっていく。

「今日は、四、九の日で朝早くから龍念寺の境内で開かれる市《いち》へ行ってきた。市のおばあさん方も一人二人と消えて、今は少なくなったけれど、なんといっても新鮮でそのうえ安いから私はずっと使っているんだ。今朝も青物とトマトとホウズキを買ってきたよ」、といったよもやま話で終始する。ところが、彼女の生きがいになっている慰霊塔の管理について触れると、途端に目つきや口調が変わってくる。

「ご主人はいつ出征されたの？」と聞くと、

「昭和一九年、私が二〇歳の時だよ」と答え、続けてやや恥ずかしげに、「結婚して間もなくのことで、お腹にいま店をやっている息子がいたの」、と言った。

「すると、新婚ほやほやで、しかもご主人は息子の顔を見ることなく出征されたんだね」という私の合槌に、

「そうなんです。それからじきに終戦になって、半年ほどが経った時に、戦死したという通知が届いたんです。遺品も何もないまま、一枚の紙切れにルソン島で亡くなったと書かれてあったの」

「そうか、そうか、それからが大変だったでしょうね」と続けると、

「にわかには信じられず、きっと帰ってくると待ち続ける日々を、小坂井の実家や、その後で移った豊川工廠の後利用でできた母子寮で息子と二人で送ったの。でも結局帰ってこなかった」

そのあと名古屋をはじめ方々に転居を繰り返しながら息子を育ててきたという。それでも夫の死を受け入れられず、幾度かあった再婚の話も断り続けたという。そして、ずっと先になって、遺族会が企画したルソン島の戦没者慰霊団に三度も加わって現地を訪れ、戦争の傷跡が生々しく残るジャングルで、夫のそばにたたずんだ時にようやく彼の死を受け止めることができたという。

それからの彼女は、息子が成長し、すし職人として開業したのを機会に、遺族会の活動に参画して愛知県東三河支部を取り仕切ってきた。そして、蒲郡の三ヶ根山頂に立派な慰霊塔を建立してそれを守り続けてきたのだ。そこで開かれる年一度の式典の準備を始め、日々に繰り返す草取りなどにも積極的に参加してきた。それが彼女の生きがいであり、夫を送り出した妻の

勤めと受けとめているのだ。

　無情に引き裂かれた青春を運命と受け止め、共に過ごしたほんのわずかな日々の喜びだけを糧に生き抜いた人の、あたかもことを成し遂げた後のような明るさがそこにあった。そして、軍事国家を一方で憎みながら、正々堂々とお国のために殉じた夫を何よりの誇りとして愛し続けているのだ。

　今年になって、三ヶ根山の慰霊塔の管理を近くの観音様に任せて永代供養してもらうことにした、と言った。もう年を取って仲間も減っていき、私だけではやりきれなくなったからだという。私は、これを境に彼女の気力が萎えていくのではないかと心配でならない。

## ひさ子さん

　ひさ子さんは九三歳だから、大正一二年（一九二三）生まれである。眼鏡をかけていて、杖を片手に手提げを抱えて入ってくる。いつも聞く言葉は、「元気だけど近ごろ弱ったね」である。糖尿と高血圧があるが、最近のデータはすっかり落ち着いている。お花が大好きのようで、いつも縁側から庭の花々を眺めながら過ごしていると言う。

「そんな時には何を考えているの？」と聞くと、

「大概は戦死した兄さんのことや旦那のことかな」と照れくさそうに笑う。何も言わなくとも続けて、「兄さんは私より二つ年上だった、旦那とは学校の友達同士でね」。

「そうか、すると一緒に出征したんだね」と言うと、

「そうだよ、いつも一緒にいる友達だったから私の家にもしょっちゅう来ていたの。そんなこともあって、私をもらってくれたのさ。私は一八、彼が二〇歳の時だよ」「まだ早いという私を、いつ戦争に取られるか知れないからと奪ったの」

話に引き込まれるように当時の情景を目に浮かべている私を察するように、

「それから娘が生まれてじきの昭和一七年春に兄と一緒に出征していった。兄さんは独身のままだった」と続け、

「時々届けられる手紙から、陸軍兵として中支から南支に向かっていることはわかっていたの」、と一息ついた。

「ところが半年ほどが経ったある日、旦那だけが突然帰ってきたの、やせ細ってね。『どうしたの?』と伺うと、『肺結核にかかって療養送還された』と声を落としながらつぶやいた」、という。

「それからの旦那は、陸軍病院に入院していたけれど、お国に申し訳ないと隠れるような生活になり、生きる気力も失せて、じきに亡くなったの」、と顔を伏せた。

「そうか、それで兄さんは?」と尋ねると、途端に目頭を押さえて、「南支からガダルカナル

へ渡ったことはわかっているけれど、それからあとの音信が途絶えたままなの」、と声を落とした。

私はそれ以上を聞くことができなかった。昭和一七年（一九四二）秋から翌年二月まで繰り広げられ、二万人以上の日本兵が戦死したガダルカナル島の戦いについて、知識として知っていたからである。

ひさ子さんは、私に胸の内を話せる仲間意識を持ったのか、それからの診療では決まって兄さんの思い出を明かすようになった。それをすることでつかえている無念の思いが解《ほぐ》されていくのだろうか、帰り際には決まって「ありがとね」、と私に目を送ってくれる。

本来ならば、兄の親友に嫁ぎ、兄とともに充実した人生があったはずなのに、激しく歪められた青春の日々が恨めしく、その悔しさがずっとずっと胸につかえているのだろう。

私も庭にいろいろの花を植えているので、ひさ子さんとは、「今は何が咲いている、何が終わった」と確かめ合うのを楽しみにしている。それに彼女も一生懸命に応えてくれる。昨年の一一月ごろだったと思う、小さな折り紙にまだ殻のままの朝顔の種を三個包んで渡してくれた。

「これはね、今年の夏に私の庭に咲いた朝顔の種なの、大きな水色の花で、夕方まで長持ちするから眺めるのにちょうど良いんだ」と説明した。

「どうしたらいいの、いつ蒔いたらいいの？」と聞くと、

「天長節に蒔いたらいい、その二、三日前から水につけてふやかしてやると芽吹きが早いよ」と教えてくれた。

天長節とは昭和天皇の誕生日を指していることに他ならない。戦争を激しく憎みながらも天皇崇拝の意識が戦後七十年を越えた今になっても冷えることなく残されているのかと、マインドコントロールの恐ろしさに驚かせられる。

その言いつけを忠実に守って今年の四月二九日に種を蒔いた朝顔が、今、庭のあちこちの木々を伝って咲いている。

# 若いお母さん



毎週一回、朝七時五八分に名古屋駅を始発する新幹線こだま号を利用して豊橋へ行く生活を続けている。近郊までの一日往復切符という特別割引制度があって、それを使うと、私鉄で行くのと料金的に大差なく、なんといっても確実に座れるし、随分と早く到着できるのだ。

その日もいつものように、プラットホームの売店で、ハーフミックスサンドとホットコーヒーを買い、その隣のキオスクで静岡茶もゲットして、出発時刻より早めに入ってくる列車に乗り込んだ。窓側の席が詰まっていたことと、わずか二〇分ほどの乗車なので、通路側の席を確保した。

出発間際に濃い目の化粧をした若い女性が今頃はやりの前固定の器具に赤ちゃんを抱えて乗り込んできて、私の目の前の席の通路側に席をとった。すぐに赤ちゃんを下ろす仕草をしていたようだが、窓際に坐っていた男性に荷物を頼みますとでも声かけしたのか、赤ちゃんだけを抱えてデッキへ出て行った。その後ろ姿に、おそらく初めてであろう母親という未知の世界を、わき目も気にせず必死に探ろうとしているひたむきさを感じることができた。仕草から赤ちゃんに授乳をするために出て行ったことは明らかであった。

私は、習慣になっている流れに沿って、次の三河安城駅近くまでは単行本を読みながら過ごし、区切りの良いところで持ち込んだサンドウィッチを食べ始めた。単行本は主にエッセイ集と決めているが、ここ一年余りは、もっぱら星野道夫さんの「旅をする木」を繰り返して読んでいる。彼の言うもうひとつの世界の存在に共鳴でき、どこを読んでも穏やかで、仕事に就く前の気持ちを整える格好の準備体操になるからである。

三河安城駅を出発して間もなく、若いお母さんが赤ちゃんを抱えて帰ってきた。そして隣の男性に声かけをして席に着いた。しばらくして周辺が落ち着くと、私は前の席に広がる構図が気になり始めた。抱っこされている赤ちゃんの頭が座席から溢れるように通路側に飛び出しているからだ。このままだと、通路を通る乗客の袖口や荷物が赤ちゃんの頭に当たるんじゃないかと心配になってきたのである。実際に、幾人かの乗客が赤ちゃんの頭とすれすれで通り過ぎて行った。

私はどうしたら良いのか、要らないおせっかいなのか、いやいや何かが起こってしまった後では遅いぞと、逡巡する数分が過ぎた。

そして、とっさと言おうか、自然と言おうか、私の腰が浮かび、一歩前へ出て、「お母さん、赤ちゃんの頭が通路側にちょっと出ていますよ、乗客や荷物に当たったら大変だよ、赤ちゃんを反対向きに抱っこしてあげなさい」と、そおっと、父親が諭すように優しく呼びかけた。すると、お母さんが、「あら！そうだ、そうですね、ありがとうございます」という素直な返事を返しながら、すぐに赤ちゃんの向きを変えて抱き直してくれた。

列車が豊橋駅に到着すると、お母さんは赤ちゃんを前抱えにして、隣の席の男性と私に笑顔で会釈をしながら降りて行った。

今時の若者の「いいの、関係ないでしょ」といった虚勢が跳ね返ってくるかという恐れもなんのその、子を守る母としての本性をうかがうことができ、いやいや日本はまだまだ捨てたものじゃないと大いに満たされて私も後を追ったのである。

# 第四章　身近なこと

# 狩人

大きな手術を済ませた日などはとくに、何とはなしに一息入れたくて途中の呑み屋に寄り道をして帰ってきた。当時から飲酒運転はもちろん禁止されていたが、今ほどの厳しさではなかったことをいいことに、しばしば禁を破って縄のれんを分けたのである。

帰り道である旧国道一九号線から一本入った小路に、「いっぷく」という小さな焼き鳥専門の呑み屋があった。この店の居心地がよかったからか、約二十年を通い詰めたが、この間に多くの友達ができた。

お客の一人に堀井さんという狩人がいた。私より三歳くらい年上であったと思われる。いつも裏口から作業服のままぬっと入ってきて隅っこの椅子に腰かけた。猫背をさらに丸くしながら小さな声でぼそぼそと話し、ささくれ立った太い指でお猪口を運ぶのだった。

彼は西三河を潤す矢作川の源流に近い岐阜県恵那郡上矢作村で生まれ育った。地元の中学校を卒業して名古屋へ出た彼は、名古屋電機学園を卒業して、電気技師の資格を取った。それから東海電気工事関連の会社に勤め、そこを終えてからは、技を買われて小さな工事を請負ながら生計を立ててきたようだ。

彼は、初夏になると途端に忙しくなり、しきりに天候の変化を気にし始める。それは、鮎掛けにでかける川の水の量と濁りが気になるからである。彼がよく行く川は、下呂温泉の近くで、飛騨川に通じる間瀬川であった。ここの鮎は小ぶりながら身がしまって味の良いことで知られている。午前三時ごろに家を出て、朝日の昇る前から釣り始めるという。「いっぷく」の大将も堀井さんからの情報を得て同じ川に出入りしていたようだが、不思議なことに連れ立って行くことはなかった。そして、店で出会ってからその日の戦績を確かめ合っていた。傍で聞いていると、どうやら勝負はいつも堀井さんに分があった。彼はにんまりしながら、「子どものころから矢作川で鍛えてあるからな」と、大将に聞こえないように呟いた。それは、戦果の一部を店に買い上げてもらっていたようで、その手前もあって、大将の気持ちを損なわないように気遣っているのだ。

堀井さんと呑むときの楽しみは何といっても猪狩りのドラマを聞くことである。一〇月からの狩猟期間に入ると、歯が抜けたようにしばらく店に来なくなる。あとから「どうしていたの」と聞くと、決まって、「田舎から呼び出しがあって上矢作へ帰っていた」と答える。「今回はどうだった?」とお尻をくすぐると、待っていたかのように、舌なめずりをしながら猪狩りの様子をリアルに話してくれる。

猪狩りは猟隊を組んだチーム作業である。古くから巻狩りという言葉があるほどよく知られた狩猟法なのだ。つまり、勢子《せこ》というまとめ役が、親戚や村の知人の中から猟銃を使える射手《いしゅ》(待子《まちこ》とも言う)を集めてチームを組む。猟師である射手たちは、勢子から知らされた持ち場に夜中から陣取り、勢子は猟犬を連れて山の頂に立つ。そして、時を見計らって大声をあげながら犬を放つ。そのあと、山にこだまする銃声が聞こえると、その方向で戦いが終わったことを知るのである。

堀井さんの顔つきを見れば今回は活躍したなとすぐにわかる。それは話したくてうずうずしている様子が見えるからである。そこで、「どんなんだった?」と振ると、彼は待っていたとばかりに物語を始める。

「ここ二、三日はよう冷え込んだので、獣道でじっと待つのは辛かったよ。冷気が首筋や靴底からじんじんと伝わってきてどうしようもなかった。それでも勢子から今日はお前の方へ追うからと言われていたので緊張しながら待っていたんだ。そして、勢子の大声と犬の吠える声が聞こえるとすぐに、トランシーバーでこちらへ逃げたと連絡が入ったんだ。すると、もう目の前の獣道の茂みがわずかに動き始めたんだよ。これは来たなと感じたので、銃身を右脇でしっかりと抱えて、銃口をその方向へ向け、右手に唾かけて引き金に指を添えていたんだ」

ここまで話すと彼はすでに椅子を蹴って銃を構える姿勢を取っていた。私が酒を注ぎながら、

「それで」と催促すると、

「ちょっと静かになったので逃げられたかなと思った時だった、一〇メートルほど先の獣道の脇から、猪の頭がぬっと出て来たんだ。俺はよし今だと思ったが、はやる気持ちを抑えて、もう少し前に出てくるのを待ったんだ。しかし、猪はどうやら俺に気付いた様子で、そこに止まったままなのだ。するとどうだろう、猪の足元から何も知らない小さな子ども（ウリ坊）が二匹も出てきたんだよ。それに気付いた母猪が慌ただしく姿を現わすと、子どもをかばうかのように俺に向かって突進してきたんだ。俺はとっさに引き金を引いた。すると、猪は激しい泣き声をあげながら空中に飛び上がり、二、三歩後退したあとどさっと崩れ落ちて動かなくなったんだ。つまり命中したんだよ」と額に汗を浮かべて話し続ける。

「トランシーバーで勢子に撃ったことを告げるとすぐに仲間の射手が駆け付けてきた。そして、猪の首に刃物を当てて、頸動脈から一気に血抜きをしたんだ。俺は自失したままただ茫然とその作業を見守っていた。嬉しかったが、腰が抜けるかと思うほど怖かったからだよ」

ここでようやく一息をついた。そして、私の酒をうれしそうに受けながら、

「子連れの猪を撃つのは辛かったでしょ？　ウリ坊はどうなったの？」という私の問いに、

「若い雌の猪の肉は最高なんだよ、猟師にそんな感傷はご法度なんだ。ウリ坊は自然の中で生きていくさ」と厳しい狩人の目付きになった。

数日が経って、この日の戦利品を鍋にしていただいたのである。

# 東濃の春

岐阜県は大きな県で南北に飛騨と美濃に分かれる。南の美濃は東西に広く、木曽三川である揖斐川、長良川、木曽川という大河が流れ、それによって西濃、岐阜、中濃、そして東濃の四つの地区に分かれている。そのなかで東濃地区は木曽川の東側にあたり、四方をそれほど高くない山々に囲まれて大きな盆地をなしている。長野県の木曽谷から発し、中央西線とほぼ平行して流れてきた木曽川が、東濃の中津川から恵那に入ると、恵那峡で西南に大きく曲がり、この地区から離れて中濃地区に飲まれていく。そして、恵那から中央線沿いに瑞浪、土岐そして多治見と繋がる地域は、木曽川とのかかわりがなくなり、代わって恵那山に水源を持つ土岐川という独立した川によって潤される。この川はやがて愛知県内で庄内川という一級河川に名を変えて伊勢湾に注いでいる。また、東濃地区の幹線交通路であるＪＲ中央西線、国道一九号線、中央自動車道がいずれも名古屋市につながっていることもあって、この地区は岐阜市などとの交流よりも、名古屋市や春日井市、それに瀬戸市などの愛知県内の市町村との交わりの方が圧倒的に深いところである。

中央西線に乗って愛知県の北のはずれにある高蔵寺駅を過ぎると、まさに途端にと言う感じで山の中へ入っていく。それは、愛知県と岐阜県の境をなし、東濃盆地の南の壁である高くはないが幅広い内津《うつつ》峠がそこにあり、列車がそこを貫くからである。

列車は、この峠が裂けてできたV字型の急峻の崖を伝うように、底を流れる土岐川に沿って走っている。そして、峠を抜けるまでにいくつかのトンネルをくぐる。指折って数えると六個になるが、それらの合間はほんのわずかしかないので、すべてが連なっていると言えるほどなのである。そのわずかな合間に定光寺《じょうこうじ》と古虎渓《ここけい》という二つの無人駅が造られている。両駅ともが崖にしがみついているようであり、周りの木々の若葉に埋もれて見失うほどである。快速列車はこの二つの駅ともを通過するので、よほど注意していないと駅があることすらも見落としてしまう。

列車が走っているのは裂けた崖の西側の淵であるが、底を流れる浅い土岐川を隔てて向こう側の崖は、奥深く幾重もの山並みにつながっている。

列車がトンネルを次々に抜けていくほんのわずかな隙間から、チラッチラッと見え隠れする向こう側の崖の景色は、高蔵寺駅までの平坦な街中の景色から一変して私をいきなり別世界へ引き込んでいく。それは、山の木々が四季折々で別々の顔をして迎えてくれるからである。

錦絵を見るように鮮やかな紅葉が過ぎ、木枯らしが来て木々から葉が落ちると、山の景色は水墨画のように一変する。そして、その中を昨夜に積もった新雪が朝日に照らされながら流れ舞う姿も目に浸みるように美しい。

四月が近づくと、この峠のあちこちで山桜がピンク色に染まり始める。すぐ後を追うように周りの木々が芽吹いて新緑になるが、私は、その中にある桜よりも、木々が芽吹く直前で、周りの山肌がまだ全体に薄い茶色に見える中にある山桜の方が際立つようで好きである。街中の道沿いや河川の土手に並木を成して咲く桜もそれなりに美しいが、それよりも山の木々に混じって咲く、おそらく自生したであろう山桜の方がより印象的で、そこから多くのイマジネーションが湧いてくる。そして、山桜に合わせるように辛夷《こぶし》や花桃があちこちで咲き競う。

それらが終わった後の新緑が思わず声をあげそうになるほどに美しいのだ。それは、細い川を隔てて向こう側の崖がすぐ近くに迫ってきて、一本一本の木々の緑を枝の先まで捉えることができるからである。落葉樹の芽吹いたばかりの淡く浅い緑から、常緑樹の古葉を覆うような新しい濃い緑まで、同じ淡い緑でも、黄色に近いものや茶色を混ぜたように見えるものがあり、さらに、朝日や風の加減によっては白く見えるところもあって、実に多彩な色合いとなり、まさに貼り絵を見ているように美しいのである。

見惚れる間もなく次のトンネルで視界がスパッと切られてしまうのがなんとも恨めしいが、トンネルを抜けるとまた違った景色が待っている。

この季節になると、快速電車をあえて見送って前述した二つの駅にも停車する普通列車を使う人たちが増えるという。それは、これらの駅、とくに古虎渓駅からの眺めが格別であり、それを堪能したいからに他ならない。

# 音の情景

十年ほど前の平成一八年（二〇〇六）に当時ロンドンに住んでいた娘と落ち合って、家人とともにプラハを訪ねたことがある。

それまでもしばしば外国を訪ねる機会はあったが、それらの大概は学会発表が目的で、そのあと数日をその会場の近郊で過ごすような旅であった。平成一五年（二〇〇三）、六五歳で医師としての現役を退いて管理職についてから、同時に私は、臨床研究の道も絶たれることになった。それ以降、いわゆる学会出張という形で外国へ行ったことはない。それに代わるように、家人を連れてヨーロッパの各地を気ままに訪ねるようになった。学会というストレスもなくゆったりとした気分で出かけたものである。

プラハ城の脇にある小さなホテルを根城にして方々へ日帰り旅行を楽しんだのだが、夕方になって帰ってくると、街のあちこちに人が集まっている情景に出くわした。何だろうと近づいてみると、そこは小さなコンサート会場であった。一メートルにも満たない立て看板に手書きの出し物を貼り付けて、入り口に立つおじさんがチケットを手渡していた。聴衆は普段着で買い物帰りのおばさんのような人たちばかりである。日本では目にしない情景につられるように中に入ると、五〇名ほどで一杯になる部屋といった方がふさわしい会場でピアノのソロ演奏がなされていた。次の日には、プラハ城内の建物で開演していたイベントに入ってみた。こちらはそれなりの構えをしたホールで、一〇名ほどの楽団がチェコの音楽を奏で、聴衆は国の音を堪能している風であった。

さすがは音楽の都だなあ、これがコンサートの原点なのだろうなあと思う程度の印象であったが、その情景は私の脳裏に強く焼き付けられた。

**宗次ホール**

平成三〇年（二〇一八）二月一〇日、久しぶりにコンサートへ出かけた。出演者の佐藤美和さんが私のかつての患者さんであった関係で、連絡をいただけたからである。名古屋には愛知県芸術劇場という大きなイベントホールをはじめ、名古屋市や中部電力が関係するいくつかの多目的ホールがある。その中で、この地方でCoCo壱番屋というカレー専門店を展開するオーナーが私財を投じて造ったユニークなホールがある。この宗次《むねつぐ》ホールは、市内の繁華街の一画に約三〇〇席を備えて一〇年ほど前に開館したクラシック音楽専門のコンサートホールである。「くらしの中にクラシックを」が創設のコンセプトである。私は、毎年一度くらいのペースでこのホールのイベントに参加しているが、その都度、人懐かしい雰囲気がプラハでの体験に重なってくる。だからなぜか身近に感じる存在になり、他の用事でこの近くを通る時でも決まって足を止めて、うまくいっているかな？と中をうかがったりするのである。

この日は、ランチタイムコンサートという企画になっていて、お昼を挟んで音楽を楽しみ、近くのお店と連携してランチで仕上げる仕掛けである。だしものは、「音の情景、語りの調べ「恋文」」というタイトルのピアノの独奏会であった。

## 音を奏でるということ

ほぼ満席の聴衆を前に佐藤美和さんと、語りを担当する野田育子さんが登場した。「じゃあ始めようか」といった軽いイントロの後で、はじめの曲（モーツァルト・幻想曲ニ短調 KV397）の紹介を野田さんが、「妻コンスタンツェへの最期の恋文」と題して語り始めた。それが終わった後で、美和さんが演奏に入った。その繰り返しで、七曲のピアノの小品が紹介される企画であった。全ての語りが作曲者の恋人や奥さんにあてた手紙の紹介であり、その情景を美和さんが音にして表現したのである。

美和さんが地元の高等学校の三年の時に、たまたま私がお世話をした学会で演奏をしていただいたことがある。彼女はまだ一七歳であった。その時の若竹の弾けるような無垢の演奏が学会参加者を魅了し、多くの友人から賞賛のお言葉をいただいた。そのなかに、「彼女が成長し、やがて女性としての輝きを増した時の円熟した音色が楽しみだね」といってくれた友人がいた。

高等学校を卒業した美和さんは、東京藝術大学の器楽科ピアノ専攻に学んだ。そして、そこを卒業した後、パリに留学して、パリ・エコール・ノルマル音楽院高等演奏家ディプロムを首席で取得している。それからしばらくしてお会いした時に、私の、

「これから華々しく活躍されるのでしょうね」という愚問に対して、彼女は、

「曲の理解を深めて、その時の作曲者の心境をできる限り正確に、できたら代わって表現する、そんな道を歩みたいのです」と答えたことがあった。

つまり、曲を奏でるということは、たんに譜面を正確になぞるといった単純作業では決してなく、それ以前に、作曲者の生きた時代背景も、生活した国の情勢も、さらに身近な状況も、そして何よりもその時の心のバランスも含めたあらゆることを調べあげ、そこから曲のなんなるかを理解し、それを音として表現することにあると言うのだ。私はその時、この子は音楽という学問、つまり音の根源を求めようとしているのかと感じたのである。美和さんにはご両親、とくにお母さんから受け継いだ豊かな感性と、フランス文学者の父から継いだ探求心が備わっ

ている。そのどちら共の血がこのような道を歩ませることになったのだろう。

美和さんの演奏を最後に聞いたのは約二年前であった。その会場に婚約者を伴っており、演奏が終わった後のロビーで紹介された。それからしばらくは連絡をしてこなかった。そして、今年のはじめにいただいた久しぶりのお便りから、彼女が結婚を経て出産されていたことを知ったのだ。人としての歩みを重ね、三〇歳代にして人生の伴侶を得て、一児の母になったことが、はたして彼女の音色にどんな変化をもたらすのだろうかと、それをうかがうことも楽しみにしてきたのである。しかも今日のテーマが、作曲者の恋文であり、彼女の成熟ぶりを知るために格好の題材であるように思われた。

久しぶりにお会いした美和さんは、ふっくらと落ち着いた物腰の自信に満ち溢れるピアニストになっていた。野田さんの語りが流れるわずかの間に、ピアノの前で作曲者を探すようにじっと仰ぎ、そこに自分を近づけようと急ぐ姿が手に取るように伝わってきた。そしていったん演奏に入るや、作曲者のある曲では喜びに震え、またある曲では悲しみにうちひしがれる心の内を、あたかも彼に取って代わるかのように余すところなく表現した。その音色には、人情の機微を知りえた女性の成熟した情感が備わっていたのである。

今日の企画は、大ホールではなく、かつてプラハの会場で体験したのと同じくらいの宗次ホールがとても似合っていたなと思いながら、そして、かつて学会の場で「楽しみだね」と言ってくれた友人に「素晴らしい女性に成長して心を射る音色になっていたよ」と伝えようと思いながら会場を後にしたのである。

# ステーキGC

私は、大学に入学すると、なんの躊躇もなく野球部に入った。医学部に進級してからは、そこだけで構成された準硬式野球部で活動した。五人の部員が同学年であったが、その中に高等学校時代から硬式野球に勤しんできた磯部章君（磯ちゃん）がおり、彼が医学部のなれ合いチームであることを許さず、週に何日かは厳しい練習を義務づけた。それにつられるように直近の後輩に優秀な選手が多く入部したこともあって私が在籍中の成績は、今からみても誇れるほどであった。

キャプテンの磯ちゃんとは、彼が医者になるとじきに開業してしまったこともあって、その後の付き合いは何らかのイベントのときぐらいに限られていった。一方、面倒見のよいマネージャーの菱田宏君（お父さん）、ファーストを守った坂野達雄君（ばんちゃん）、サードの有吉寛君（ありちゃん）に私を含めた四人は、それぞれが留学などで疎遠になった時を除いて、比較的頻繁に顔を合わせてきた。とくに、各々の仕事が一段落する歳になってからは、名古屋の繁華街にある「ステーキGC」というお店に、月に一回か、少なくとも二ヶ月に一回のペースで集うようになった。もうかれこれ二十年は続けてきたであろうか。

このお店は狭いビルの急峻な階段を上った三階にあり、夫婦だけで切りもりする小さな肉屋である。そこで、網焼き近江牛をつつきながら、直近の世相や学生時代の思い出を話題にのせ、そして、たまにだけ医学的な認識を改めあった。大概が、ばんちゃんとありちゃんが話題を提供し、お父さんと私が聞き役に回った。気心知れた同級生の集いは他に代えられない癒しになったのである。

互いが七六歳に達した平成二六年（二〇一四）の春のことである。ワイン好きのばんちゃんの酒量が落ち始め、それを気遣う私たちをしり目に、膵臓の尾部がんで急逝してしまった。彼は、ドイツに留学して脳外科を究めた秀才であり、四人の会でも常に論戦の急先鋒であった。

坂野君を失い、集いが三人になって四ヶ月が経った夏である。今度はありちゃんが脳梗塞に出血を併発して倒れたのだ。奥州中尊寺にいた私は、息子からの電話でそれを知った。帰宅したその足で病院へ行くと、ありちゃんは人工換気が必要なほどに重篤の急性期にあった。それでも私の呼びかけにかすかにうなずいて答えてくれた。そして、そこを何とか乗り切ることができたが、重い左半身不随を残してしまった。懸命なリハビリを経て、今は、内科医の息子の斡旋で、ある施設にお世話になっている。

ありちゃんは愛知一中である旭丘高校を卒業した秀才である。自宅通学の彼の家が私の下宿から自転車で行ける程の近くにあったので、野球の練習の帰りなどにはしばしば寄り道をして青春の憂さを慰め合ったものである。私たちの同級生に允子さんという才女がおり、まさにマドンナ的存在であった。医学部の二年の時であったと思う、その彼女がありちゃんと付き合い始めたというニュースが届いた。それを裏付けるように、試合になると観客席に彼女の姿が見られるようになった。私たちは、ありちゃんが彼女と付き合うことを歓迎したが、それは、試験が近づくとありちゃん経由で彼女のノートを貸してもらえるという邪な期待があったからである。それがおかげで卒業に漕ぎつけたようなものなのである。

ありちゃんたちは大学を卒業するとじきに結婚した。そして、米国に留学して内科学を究めた。その後は、がんの化学療法の権威として臨床に根を下ろした研究者であり続けた。とくに、腫瘍の薬物療法について領域を超えて検討しあう、日本臨床腫瘍学会（一九九三年設立）の創立メンバーとして縦横無尽に活躍した。その博識ぶりは私たちから動く図書館と言われたものである。

約二十年を続けたステーキGCでの集いは、あいついだ二人のアクシデントでにわかに崩れてしまった。そして、残された私とお父さんは気力も失せたまま、そこへ足を運ぶことができなくなった。

しかし、施設に暮らすありちゃんのことが気がかりであり、二人で時間を決めて月に一回のペースで出かけることを続けてきた。そして、一年が過ぎようとした平成二八年（二〇一六）の秋のことである。楽しかったステーキGCの話題を出し、思い切って、「もう一度行きたいか」と尋ねてみた。ありちゃんは満面の笑みで「行きたい」と応えた。

それなら連れて行こうではないかということになり、それからお父さんとありちゃんの息子の間で慎重に段取りが進められた。そして、いよいよ実現する日が来た。私は三〇分も前からGCの軒下で待っていた。彼は二人の息子と一緒に搬送用のタクシーに乗せられてやってきた。そして、車いすに乗ったまま、急峻の階段をみんなで担ぎ上げてもらって入ってきた。するとどうだろう、名マネージャーのお父さんの計らいで、磯ちゃんをはじめ、後輩でピッチャーの任君、キャッチャーの横山君、それにショートの藤田君と当時のレギュラーの大半が集まっていたのである。ありちゃんはそれを見るとにわかにクチャクチャの顔になり、涙が止まらなくなった。感動したGCの大将は奥さんに店じまいの看板を下ろさせた。それからの二時間ほどはこれ以上を望めない至福の時になったのである。ありちゃんは、息子に指血糖値を測定してもらいながら、終始ご機嫌でワインをすすっていた。

　このイベントがきっかけになって、私とお父さんは二ヶ月に一回のペースで集うことを再開した。お互いが同じような引っ掛かりを感じながら、元気でいられる現状に感謝して、ばんちゃんを偲び、ありちゃんの回復を願いながら夕食をとっている。どこかに寂しさは禁じ得ないが、それを察するかのようにステーキGCの大将と奥さんが気を使って下さるのがかえって申し訳ない気持ちになるのである。

# 繋駕速歩

私のゴルフ友達であるNさんのことについて書いてみたい。彼の本業はゴム製品の製造販売であったが、現在は廃業して故郷の犬山にある先祖伝来の田畑を使って農業を営んでいる。そうなった理由を彼はこう表現した。「息子の出来が良く、名古屋の千種高校から北海道大学の農学部に進んだ。大学で薬学を学ぶうちに学問に目覚め、卒業するとある製薬会社の開発部に就職した。そこでの業績を認められて、今はシカゴの研究所で新薬の開発に奔走する生活になった。そんな息子にあとを継げとは言えなかったよ」と。さらに続けて、「糖尿病の新薬として今がはやりの『スーグラ』の開発が息子の業績のひとつなんだ」と言われ、なるほどと私は大いに得心できたのである。

長男であるNさんが親から渡された田畑と山野は、犬山市の東のはずれの今井地区にある。そこは県境に近く、彼の山を越えれば岐阜県の可児市である。農地だけで三町歩（約九〇〇〇坪）ほどあるが、そのうちの水田は隣人に任せて米を作ってもらい、自分は週に二、三回出向いて季節の野菜と果物を作っている。そして、収穫した作物を農協へ出荷することは一切せずに、全てを知りあいに配って回るのである。私もその恩恵を幾度も受けているが、ゴルフ場にもどさっと持ってくるので、キャディさんたちにたいそう喜ばれている。

ゴルフのプレー中や昼休憩をしている時に、生まれ育った故郷の山野で過ごした生活を懐かしそうに話してくれる。家の敷地の南側の囲いには冬に日が当たるように落葉樹を植えてあり、それ以外の側は風避けになる椿や山茶花などの常緑樹で囲ってある。母屋の南側は広い庭になっていて、収穫した作物を加工したり、豆類を干したりする場所になる。そこには、鶏が放し飼いにされていて、そこらあたりに産み落とす卵を拾って歩くのが子どもに課せられた仕事であったという。庭の片隅には母屋から軒を伝って行ける便所と風呂場が据えられていた。

茅葺の母屋は広い平屋建てである。入り口を入ると土間になっており、突き当りに飯釜と湯釜、それに鍋のかかった釜戸がどっしりと座っていた。左側はいわゆる居住空間で、土間から小上がりを経て居間に連なった。ここは、日本の農家に見られる典型的な田の字様式であり、四つの八畳間が配置されていた。ふすまを取り払えばたちまち三十二畳の大広間になる仕掛けである。

どの部屋にも囲炉裏が切られていたが、日常は土間から続く二間に火がはいっていた。一つが食事場であり、今一つが居間になった。夜になると、囲炉裏の周りに布団を敷いて寝室に変わり、布団の外側には蚕《カイコ》を入れた籠が並べられた。桑の葉をかじる蚕の音は尋常でなく、ムシムシどころかザーザーと激しい雨音のようであったと懐かしむ。囲炉裏で燃やされる薪や炭火には多くの役割があった。部屋の暖房になったことは言うまでもないが、その効果を高めるために大きな火棚を組んで天井から吊るしてあった。この火棚から手袋やわらじ、衣類なども吊るして乾燥させたのである。そして、平鍋を自在鈎から吊るすか、五徳にのせて煮炊きをすることも囲炉裏の大切な役割であった。さらに、囲炉裏から立ち登る煙が屋根裏の萱に巣くう虫除けになったことも見逃せず、それが茅葺き家屋の耐久性を高めたのである。

また、薄明りながら囲炉裏の火が夜間の照明になったが、なんといっても囲炉裏端が家族の団欒の場であったことを忘れてはならない。アマゴや鮎の串刺しを焙りながら一日の出来事を話しあったという。

土間の右側には厩《うまや》があって農耕用の馬が飼われていた。彼のお父さんは都会からきた養子で、そのうえ農作業は不慣れであったので、祖父《おじい》さんや養子娘であるお母さんに遠慮しながら過ごした人のようだ。その分、やや影が薄かったのか、彼の話の中にはあまり出てこない。それに代わってお祖父さんがなかなかのやり手であったようで、農作物の工夫だけではなく色々と手出しをしたようだ。そのなかに農作業用に飼育している馬の活用があった。

Nさんの家で飼っていた馬は、アラブの血が混じっているが血統不詳の雑種で、脚が短く胴長であった。それに、気性が穏やかであったので農耕にはうってつけであった。田おこしや畑の畔つくりは言うに及ばず、山へ物資を担ぎ上げる時も貴重な力源として使われた。そういった農耕のほかに村人の荷物の運搬というサービスも担ってきた。

それだけ働けば十分と思われるが、実はこれらよりも大切な役割があった。それは笠松競馬の繋駕《けいが》速歩競走への出走である。これもお祖父さんの発想から始められたいわば道楽である。今でこそ聞きなれなくなった繋駕速歩競走は、古代の戦車競走に由来している。「ベン・ハー」という映画のラストシーンで演出されたあの競馬様式である。つまり、騎手がうしろにつけた繋駕車に乗って幾頭もの馬を鞭で操りながら速さを競うのだが、映画とは異なって、競馬では小さな繋駕を付けた一頭の馬で戦うのである。お祖父さんは、畑の隅に小さな馬場を作って日ごろから暇を見つけては訓練をおこなっていた。そして、岐阜県の笠松競馬場を主戦場にして、出番が近づくと、馬に付けた繋駕車に必要物品も載せて、約三〇㎞離れた笠松まで連れて行った。そして、数日をそこの調教師に預けてレースに臨み、終わるとまた家に連れて帰っていつもの農耕に従事させたという。

こういった環境に育てられたNさんは、おのずと自然に親しみ、そこから多くのことを学んだようだ。その雑学ともいうべき知識は半端ではない。たとえば、ゴルフ場のバンカーに残る獣の足跡を見て、「これは一本線だから狐だとか、こうだから狸とかうさぎだ」とそれぞれの根拠を付けて解説できる。また、避雷小屋に設置されている厚い砂の入ったタバコ消しに、いくつかのすり鉢状のくぼみ模様が見られることがあり、彼はそれを見つけるとすぐに、「これは蟻地獄（カゲロウの幼虫）が蟻をとらえる仕掛けなのだ」と教えてくれる。実際に蟻を捕まえてそのすり鉢に落としてやると、底から蟻地獄が飛び出してきてパクッと食らいついて、さっと潜っていく。

周辺の森林や空から聞こえる鳥の鳴き声から、「あれは鶯《ウグイス》の冬鳴きだとか、ジョウビタキとか四十雀《シジュウカラ》だ」と言い、木を突く音から「コゲラがいる」と教えてくれる。さらに、雑木林に生える植物の名前の詳しいこととなったら、それはまさに博士並なのである。秋が深まってくると自分の山に入って自然薯を掘ったので、ゴルフ場の斜面を見ればあそこにあると簡単に探し出す。ただ、急斜面で掘り返す作業が大変だったようで、決まったように自然薯掘りは間尺に合わないと付け加える。また、私がてんぷらにして食べると美味しいことで知られる「たらの芽」を見つけると、彼は、「本当はそれよりも『コシアブラ』の方がうまいのだ」とさりげない。

そして、彼の山に生える下草の中から、猩々袴《ショウジョウバカマ》や海老根蘭、春蘭、爪蓮華、そして岩檜葉《イワヒバ》やシダ科の忍《シノブ》といった私の知らない植物を取ってきては鉢植えにして渡してくれる。私はそれらの一部を庭に地植えして育てているが、猩々袴や忍などはどんどん増えるのでその対応に追われるほどなのである。

　彼のゴルフスイングはまさに鍬《くわ》を振り下ろす姿に近似している。それで、ハンディキャップ12を背負って、その腕は今も決して錆びていない。そして、彼の名より実を取る生活ぶりがゴルフスタイルにも表れており、アプローチにウエッジを使わずに確実性の高いパターで寄せてくる。相当遠くからも平気なのだ。知らない同伴プレーヤーは決まって驚きの声をあげる。彼は、自分はウエッジが下手なのでと謙遜するが、ウエッジでざっくりしたりトップしたりすることを避けているのに違いない。実は、それができるように、八〇〇グラム以上もあるとてつもなく重いパターを使っている。そこに彼の工夫がある。

# エージシュート

ゴルファーのひとつの夢はホールインワンを達成することであるが、こちらは偶然を伴い、力がある人にしかできないこととは言い切れない。それに対して自分の年齢よりも少ないスコアでラウンドするエージシュート（Age shoot）はアマチュアゴルファーの究極の夢である。なにせパー72のコースを六〇点台で回るのは極めて難しいことなので、よほどの達人でない限り、七〇歳未満でこれを成し遂げることは不可能に近いからだ。だから、七〇歳台に入ってから何とか達成できないかと思い始めることと言えようか。

私のゴルフの腕前はそれほど自慢のできる域ではないと自認しているが、それでも七〇歳、とくに七三歳を過ぎたころから、どこかでエージシュートのチャンスが来ないものかと思ってきた。それは、年に数回という程度ではあるが、とくに調子の良い日には七〇点台でプレーすることがあるからである。そして、これまでにもそれに近づくことは幾度もあったが、すんでのところで逃がしてきた。とくに一打足りなかった時などは、キャディーマスターに、「満年齢でなく数えではいけないのか」と、冗談交じりに問いかけて悔しさを紛らわしたりしてきた。
それが七五歳を過ぎたころから急速に飛距離が落ちてきて、スコアがまとまらなくなってきたのだ。それに伴って七〇点台でラウンドできる回数も減り、これは難しいことになったのかなと思い始めていた。とくに二年ほど前からショートパットのイップスに陥り、どれだけもがいてもそこから脱することのできない状況を前に、三〇回を超えるパット数の常習ではエージシュートの夢は諦めざるをえないのかと観念しかけていた。それはもちろん、八〇歳台になってからでも夢をかなえることはできるのだが、やはり、七〇点台で回るエージシュートこそを追いかけてきたからである。なぜならば、七〇点台のスコアと八〇点とでは受けるイメージがまるで異なり、かりに八〇歳になって八〇点で回れたとしても、さほど大きな感激にはならないだろうと思うからである。

**その日のプレー**

平成二九年（二〇一七）一一月一〇日、金曜日。その日は、青く澄みきった空から眩《まばゆ》いばかりの朝日が周辺の赤や黄色に染まる木々を照らし、風もなく、いつにない絶好のゴルフ日和であった。競技場は岐阜県可児《かに》郡御嵩《みたけ》町にあるレイクグリーンゴルフ倶楽部である。過去に二回ほど日本プロゴルフ協会のツアー競技を開いたことのあるそれなりのコースである。その日は陰暦杯という、六〇歳以上のメンバーだけで競うクラブ競技がレイクコース（パー七二）で開催され、私もそこにエントリーしてあった。いつものように準備体操をした後、三〇分ほどを練習場で過ごした。なんとなく体は軽く思えたが、特別好調という印象ではなかった。

いつも一緒に回る長瀬俊一郎さんが検査入院で欠場したので、面識のないか薄い三人のメンバー（前田さん、石黒さん、倉知さん）と回ることになった。薄いと表現したのはかつてご一緒したことがあっても忘れている人が沢山いるからである。三人ともが単独行であったので、その場で挨拶を交わして八時四七分にスタートした。キャディはベテランの杉山さんがついてくれた。

一番をワンパットパーに収め、二番でボギーをたたいたものの、三番から連続三ホールをパーとして幸先の良いスタートになった。とくに五ホール中四ホールがワンパットであったことがかすかな自信になりかけていた。今日はイップスが起きないかもしれないと秘かに思っていたのである。続く苦手の六番で二つ目のボギーとしたが、易しい七、八番ホールをパーに収め、難しい九番をボギーに留めて、三オーバーの三九で前半を終えた。懸案のパット数は一三回で、三パットはなくイップスも起きなかった。

通常はここで昼食休憩になるが、まだ一一時前と早く、前の組もそうしたこともあって、続けて後半に入る、いわゆるスループレーをすることになった。私は勢いをそがれないためにもその方が良かった。

ところが、前半で良いスコアを出した時にしばしば陥る気負いが出たのか、後半に入っていきなり二つのボギーが先行した。「あー、今日もやってしまったなー」と自嘲しながらも、次の易しい一二番でなんとかパーが来てやや気持ちを立て直すことができた。しかし、それもつかの間、次の難しい一三番でまたもボギーを打ってしまったのだ。つまり四ホールで三オーバーでは、そこから先の難しいいくつかのホールを思うと、「もう終わったな」と観念せざるを得なかった。

ところが、そのように思ったことが幸いしたのか、途端に力が抜けたような気分になり、他のプレーヤーやキャディさんと冗談をかわす余裕が出てきた。そして、次のショートホールをパーに収め、長く難しい一五番を辛うじてワンパットパーでしのぎ、続けて、一六番のショートホールもパーにして、残り二ホールを三オーバーで迎えることができた。一七番のティーグランドで、「一八番は難関でパーは難しいだろうからここでパーを拾えたら、あるいは…」という思いが膨らんできた。そして、第一打、二打、三打とまずまずのショットができ、第四打のアプローチもワンパット圏内で、これならばいけるかもという思いであった。しかし、その思いが災いしたのか、約二メートルのパーパットは無残にもカップの右を抜けていった。痛恨のボギーである。四オーバーになり、難しい一八番を前にもう諦めるしかないと今度こそはすっかり観念した。

その気持ちが伝わったように、一八番のティーショットをミスして池に捕まりそうになったが、辛うじてその手前で止まってくれた。そして第二打で挽回し、アプローチはカップの約五メートル手前にオンした。この時点での心境は、「距離からしてワンパットでは難しい、わずかなスライスラインだな、寄ればいいか」と意外に冷静であった。それは一七番のボギーでがっかりして、すっかり諦めがついていたからであろう。だから、「もし入れば…」なぞという色気もなく、アプローチパットの感じで、とにかくラインだけを意識してヒットした。すると、ちょっと強いかなという感じで転がっていったボールが、そのままカップに吸い込まれていったのだ。

足早にカップからボールを拾い上げ、ほとんど無意識にキャディさんの方へ歩み寄り、「入ったよ」と伝えるようにそっと呟いた。そして、喜びを爆発させるのではなく、心の内で「ようやく達成できた」としみじみとした気分になったのである。全てのプレーヤーがホールアウトした後、「おかげさまでエージシュートを達成できました」と打ち明けると、キャディさんやプレーヤーから改めて祝福の拍手をいただき、わずかにこみ上げるものを感じながらカートに乗ったのである。

長いゴルフ人生でいろいろの思い出があるが、なかでもエージシュートの達成は、忘れられないひとコマになったのである。

# おわりに

私は豊橋市にある愛知県立時習館高等学校を昭和三二年に卒業した。あまり聞きなれないこの校名は、字面から連想されるように江戸時代の一七五二年に吉田藩（豊橋市の旧名）に創設された藩校時習館を引き継いでいる。昭和二〇年六月、豊橋市は米軍による空襲をうけ、街中にあった校舎は市街とともに全焼した。その翌年に郊外にあった豊橋陸軍予備士官学校の跡地に移っている。そして、GHQの指令による学制改革は昭和二一年から始められ、学校体系はそれまでの複線型教育から機会平等を謳った単線型教育へ変更された。その理念に基づいた学校教育法の改正にともない、旧制中学であった愛知県豊橋中学校が愛知県立豊橋高等学校に組織替えされ、半年後の昭和二三年一〇月に愛知県立豊橋時習館高等学校と改称された。明治三三年から愛知県第四中学校になって一旦途絶えていた時習館の校名が四七年ぶりに復活したのである。

その二年後の昭和二五年四月に、熊谷三郎が十代校長として愛知県教育委員会より来任された。そして、昭和四三年までの十八年間を務められ、新制時習館高校のあらゆる基礎を築かれたのである。私は彼が就任した四年後の昭和二九年に入学している。そして、校長が掲げられた「自ら考え自ら成す」という教えをあらゆる場面で叩き込まれた。

男子は古く色あせた学生帽をかむり、制服は黒の詰襟の五つボタンであった。足元は大概が白の運動靴であったが、なかには素足で朴歯《ほおば》下駄を履いているものもいた。私もこの下駄を常用した。女子は、白のブラウスを濃紺のブレザーで被い、箱ヒダのスカートで、短いソックスに白い運動靴を履いていた。校長の方針から服装の乱れは厳しく咎められ、ボタンはおろか詰襟のホックが外れていても注意された。

私が在籍した三年間に熊谷校長から受けた薫陶の数々は忘れられない思い出として心に刻まれている。私は、三年生の秋の運動会の後で、友人を誘って近郊の山に登り、酒盛りを仕掛けたかどで二週間の自宅謹慎処分をいただいたことがある。校長室で自責に怯える私を前に厳しい裁定を述べられた後で、「家で勉強しておれ」と投げかけて下さった柔和な眼差しを忘れることができない。

昭和三二年春の卒業式もまた印象深い。卒業証書を授与した後の訓辞で彼は次のように述べられたと記憶している。

「諸君は、三河随一の高等学校を卒業したという誇りをもって世に出るが良い。そして、やがてそれぞれが異なった分野で中間管理者として過ごすことになって行くだろう。その時のた

めに言っておきたいことがある」と前置きして、

「終戦後十年が過ぎて世の中に安定が見え始めた日本は、新たな目標を経済発展に定めて進むことになった。それは、愚かな戦争によって諸外国からはるかに後れを取った生活水準を挽回するために必要な施策であると思われる。だから諸君は、経済発展、すなわち物質の追求を是とする世の中で管理者として過ごすことになって行くだろう。その渦中にあっても忘れないでほしいことは、物質主義はあくまでかりそめであって、その追及が人間本来の生きる目的にはなりえないと言うことだ」と述べられ、続けて、

「諸君は、物質主義の世相にあっても、その一方で、人間の幸せの根源は、精神の充足にあることを忘れないでほしいのだ。そういった考え方のにじみ出る管理者に育ってほしいと思っている」と結ばれた。

これは、私の記憶を掘り起こして綴った文章であるが、それから六十数年が経ち、当時に理解しきれなかった校長の訓辞が生きた言葉としてしきりに蘇ってくるのである。


私が風媒社の劉永昇編集長とお知り合いになったのは、つい数年前で、前作の拙書を世に出した時である。自信のないまま恐る恐る提出した原本を、彼は、「私としては出してみたい内容です」と評価して下さった。それ以来のお付き合いである。

今回は私が関係した分野を中心にして思いつくがまま書き留めてあったものを集約した。それらを彼の勧めに従っていくつかの章に分けて編集した。それを引っ提げて編集長にぶつけてみると、「読み応えのある本になりそうだ」というお言葉になった。それに引きずられて世に問うことにしたのである。編集長にはそれから幾度かの懇切丁寧な校正をいただいた。ここに衷心から御礼を申し上げる次第である。

今年は経験したことのない酷暑の夏であった。彼は、新しく引越しされた堀川運河沿いの会社の二階で、いつも机に向かいながら私を迎えてくれる。西側の窓から漂う川の臭いにも暑気を含んでいた。

なお、「身につまされる」と題した一篇は、すでに前作に掲載したものであるが、本書の構成上欠かせられないと思われたので、一部修正して再掲した。

平成三〇年盛夏

[著者略歴]
長屋 昌宏（ながや・まさひろ）
1938年、愛知県豊橋市にて、両親ともに小児科医の次男として生まれる。57年、愛知県立時習館高等学校卒業。同年4月、名古屋大学医学部入学。63年、同大学卒業。70年より愛知県心身障害者コロニー中央病院小児外科に勤務する。99年、同中央病院長。現在、愛知県心身障害者コロニー名誉総長。
[著書]『新生児ECMO』（名古屋大学出版会）、『三州平野』（風媒社）

**考える愉しみ**　ある老医師の記録

2018年10月26日　第1刷発行　　（定価はカバーに表示してあります）

著　者　　長屋　昌宏
発行者　　山口　　章

発行所　名古屋市中区大須 1-16-29
振替 00880-5-5616 電話 052-218-7808
http://www.fubaisha.com/
風媒社

＊印刷・製本／モリモト印刷
乱丁本・落丁本はお取り替えいたします。
ISBN978-4-8331-5355-3